阳光文库

丹飞 —— 著

我们会有未来吗

黄河出版传媒集团
阳光出版社

图书在版编目（CIP）数据

我们会有未来吗 / 丹飞著. -- 银川：阳光出版社，
2024. 7. -- (阳光文库). -- ISBN 978-7-5525-7399
-2

Ⅰ. I247.7

中国国家版本馆CIP数据核字第2024NE4799号

阳光文库　我们会有未来吗　　　　　　　　　丹飞　著

责任编辑　申　佳　李少敏　谭　丽
封面设计　晨　皓
责任印制　岳建宁

黄河出版传媒集团
阳 光 出 版 社　出版发行

出 版 人　薛文斌
地　　址　宁夏银川市北京东路139号出版大厦（750001）
网　　址　http://www.ygchbs.com
网上书店　http://shop129132959.taobao.com
电子信箱　yangguangchubanshe@163.com
邮购电话　0951-5047283
经　　销　全国新华书店
印刷装订　三河市嵩川印刷有限公司
印刷委托书号　（宁）0031084

开　　本　710 mm×1000 mm　1/16
印　　张　10.5
字　　数　150千字
版　　次　2024年7月第1版
印　　次　2024年7月第1次印刷
书　　号　ISBN 978-7-5525-7399-2
定　　价　52.00元

现实的复刻与未来的想象

刘羿群

　　我与丹飞相识缘于小说。我曾有幸成为他一篇小说的责编，而后与他一直在网络上保持着联系。他于我，既是朋友，亦是老师。他是一个很善于交流的人，常常逗得人大笑，也不断有所收获。聊天中，我慢慢开始了解他。他是一个很有趣的人，在这样的前提下，他的作品亦不会无趣。

　　丹飞有很多爱好，横跨艺术领域，而写作，一直是他葆有最大热情的事。他的写作涵盖诗歌、小说、评论、散文、歌曲等，在兼顾其他体裁创作的同时，他以不停歇的激情创作小说。我奇怪，他这种井喷式的热情怎么没有衰减的趋势。他是一位孝子，在母亲卧病在床之际，他一边看护，一边在病床旁笔耕不辍；他是一位有爱的父亲，在照看孩子之余，居然能同时进行创作。我诧异他这一神奇技能，注意力是如何分配的。在这样的写作态势下，他有多篇小说在各大刊物陆续发表，并最终结集出版。

《我们会有未来吗》是丹飞的第二部小说集。在这部集子里，《我们会有未来》《向鲜花奔去》是新近创作的。《说吧，说你爱我吧》《在镜子那边》《说说艾尔莎吧》是多年前创作的，和他之前创作的很多篇一样，并未投递，直到最近才得以见到。新近的几篇更倾向于现实，之前的几篇水准也不差，且风格更大胆、前卫、自由。

因为辗转于北上广等多个城市，从事过很多跨界的职业，且交游广泛，丹飞的生活素材是极丰富的。他写城市。他在城市的洪流中顺流而行，安住、享受但保持静观。他有这样一种天分，对周遭的人与事有着惊人的细节捕捉力，在小说中，常常由于细节的集中展现而呈现出一种高密状态，需要完全沉浸下来的阅读。他笔下的人物，常常是粗粝的几笔，却使喧腾的生命力和热辣的生活气息扑面而来。他也写乡村。他的乡村似乎近在咫尺，从未远离。城市与乡村，仿佛只是两扇门，他可以很轻易地从一扇跨入另一扇。

如果说一种文风代表写作者的一个维度，丹飞无疑是有着多维度的。在我和他的一面之缘中，他穿着简洁的 T 恤，低调亲和。传说中，他戴耳钉、戒指、手链及繁复的饰品，张扬恣意。这种不羁延续到了行文里，他嬉笑调侃，有些肆意地玩味着文字，有时甚至形成一种复沓的句式。

但在《我们会有未来》中，他突然一收，行文变得端方洁简，连文中人物的对话都温文持重，完全符合那个时代的特点。此篇在集子中被收为首篇，也能看出他对傅雷先生的高度认可。或者说，两人之间也许有太多的共通之处吧。

《说吧，说你爱我吧》《在镜子那边》两篇，透出一种梦境般的迷离与荒诞。如果说前一篇是一场穿过迷雾与芳草的回溯之旅，后一篇则通篇弥漫着巫蛊般的诡异、森然气息，也刷新了我对他小说写作边界的认知。

《我们会有未来吗》就像作者设置的一个幻境。在这里，一些面孔在不知名的角落里不时闪现，似曾相识又不断变幻，它们构成某种暗线，通向幻境深处的某个出口。也许不同的人，会在这里找到不同的出口。

祝贺《我们会有未来吗》出版。

目录
CONTENTS

我们会有未来

2020 年 12 月 28 日，被视作比波兰人更懂肖邦的"钢琴诗人"傅聪去了。谨以此文纪念《傅雷家书》的写信人和收信人。

——题记

1

上海，吕班路巴黎新村 4 号。1942 年的这一个春日和其他日子并无不同。"啪"的一声，一个中年人手中的竹尺狠狠打在一个小男孩摊开的手上。奇怪的是，小男孩脸上看不到明显的委屈或难过，反倒是闯祸得偿似的满足。中年人是翻译家傅雷，小男孩是日后被誉为最好的华人音乐家、"钢琴诗人"的傅聪。傅雷声如惊雷："节奏，感情，控制力！跟你说过一百遍！重弹！"

1944年秋，一段娴熟中夹杂着畏葸的音乐响起。如果你的视线从门窗穿入室内，可以看到那是小傅聪在练习肖邦的玛祖卡。

1947年冬，少年傅聪的衣服湿透了，还在弹奏同一曲。这是今天弹的第一百遍，技法更娴熟，节奏、感情、控制力似乎更好了，但傅聪自己不满意。傅聪汗湿的衬衣贴在身上，手指在琴键上飞舞，抿紧双唇的倔强样子像极了傅雷的小号复刻版。傅雷故意隐藏话音中的慈爱，慈中带威地示下："我看可以了。歇歇吧，都弹一整天了。听烦了。"

1955年3月的华沙，爱乐厅里正在举行第五届肖邦国际钢琴比赛。青年傅聪弹奏他小时候就开始弹奏的同一曲，堪称完美的表现。他在七十四名选手中，以微弱落后前两名的比分夺得第三名和玛祖卡最佳演奏奖。消息第一时间传回远在上海的傅家。傅雷抱起朱梅馥，转了一圈又一圈："梅馥，咱们聪儿……你太伟大了！"对于朱梅馥，这是完全陌生的傅雷——他第一次毫不吝啬地夸奖傅聪和自己，尽管措辞是如此俭省而夸张。

1956年9月，傅雷已经将家安置在江苏路284弄安定坊5号。傅雷、朱梅馥和雷垣、周煦良等友人或落座或倚立。"肖邦真是诗人，肖邦就是我的命运，莫扎特是我的理想……莫扎特的音乐像做戏，又不像做戏，因为有一个真在里面。他能入能出，就是咱们祖先讲的天人合一。贾宝玉有一种慈悲，又有反抗，孙悟空七十二般变化，可不就是莫扎特嘛……要我说，贾宝玉加上孙悟空，就是莫扎特！"傅聪侃侃而谈。众人或微笑或颔首，朱梅馥带着欣赏的目光慈爱地注视着傅聪。傅雷摇头不语，内心半是微愠半是欣悦。你还别说，把肖邦、莫扎特和贾宝玉、孙悟空搅和在一起谈，虽说是关公战秦琼，但细细咂摸，还真有那么几分道理。

2

这是一个书香之家，最重要的家产要数男主人傅聪日日沉迷的钢琴、满墙的塑胶唱片以及父亲傅雷写给傅聪的家信。昔日秩序井然的家此时显得颇为凌乱。女主人弥拉想把这个家恢复成往日的样子，却无从下手，于是作罢。她脸上有泪痕。他们的儿子傅凌霄还小，沉迷在童年的小世界里不亦乐乎——他眼下的乐趣就是让乱糟糟的家变得更乱。这是1969年的伦敦之夜。

弥拉看着傅聪，像问傅聪，又像自问："真的必须这样吗？"

傅聪收拾着父亲的书信，不看弥拉，像在回应弥拉，又像在自言自语："你能想到更好的办法吗？"

"我的个性可以改，你也可以——如果你不愿意改可以不改……"

弥拉这番话如石入水，激起硕大的涟漪。傅聪停下手中动作，压着嗓子里的火气："弥拉，我们都改了十来年了！改掉了什么？"

弥拉捂嘴，终于忍不住哭出声。傅聪放下手中信，一把揽过弥拉："坚强，弥拉，你行的。我只要父亲给我的信和凌霄，其他一切都归你。只要你愿意，可以随时来看凌霄，随时。"

"如果我想你了呢？"

"想我是病，你会病愈的。我们都要学会知足……"弥拉好不容易止住的泪又被傅聪的话给催了出来。傅聪视若无睹，可还是补了一句："我们毕竟爱过，凌霄就是见证——凌霄，我们出发吧！"

傅聪修长的手指推开门："和妈妈说再见。"

"再见妈妈。我和爸爸很快会回家来看你的。你要乖乖的哦！"

弥拉在房内，声音从捂着的牙缝里挤了出来："再见宝贝。妈妈会乖乖的。"

傅聪牵着傅凌霄走出家门，房门犹豫着停了不到一秒钟，不情不愿地合上，发出"啪嗒"一声响。

傅聪显然没有想到有人在外面候着，他边叮嘱傅凌霄边往外走。来人是弥拉的父亲，傅聪的岳父大人——当然，此刻已经成了前岳父——小提琴家耶胡迪·梅纽因。

"耶胡迪，你吓着我了。"

"我不是有意的——我说过你的手是为钢琴而生的吧？"

傅凌霄向梅纽因扑去："外公，我想死你了！"

梅纽因抱起傅凌霄，用他趴着卷曲胡子的嘴巴香了傅凌霄一口："小东西，我也想你了！哎呀，好棒啊小东西，外公都快抱不动你了。"

"我不叫小东西，我叫傅——凌——霄！"傅凌霄扭动着身子抗议。

"好好好，我记住了，傅——凌——霄！"

"凌霄下来，男子汉是不需要外公抱的。"再不情愿，父亲的话还是要听的，凌霄从梅纽因的怀里溜了下来。凌霄居中，一手牵傅聪一手牵梅纽因。

傅聪还没从弥拉轻声抽泣的背影中回过神，梅纽因的到来让他有些不知所措："很抱歉……"

　　他还没有来得及剖白，就被梅纽因打断了。他必须用最简单粗暴的方式剔除他俩之间的鸡毛蒜皮、婆婆妈妈，任何一点迂回都是对两个天才的极大犯罪："你没做错什么。用你们中国人的话来说就是'从心所欲'。你以前没喊过我父亲，现在也不用喊了，咱们之间什么都没改变。"

　　"听我说，耶胡迪，你心里有火就发出来，毕竟是我要离开弥拉的。"

　　傅聪没有跟上梅纽因的节奏，这让梅纽因有些光火，他不耐烦地再度打断傅聪："打住。我们聊点有意义的，我们下一次巡演合奏我想更突出你的地位，钢琴是国王，小提琴是王后嘛。"

　　"这样真的合适吗？"傅聪的迟疑完全出于本心，他是真心敬重梅纽因。

　　梅纽因果断地挥了一下手，那是他指挥动作的起手："没什么不合适，听我的。我来找你，更想说的是想请你，拜托你，为你的父亲写一首钢琴曲……"

　　傅聪有些转不过弯来："我父亲？你是说为你写钢琴曲？"

　　"不是给我写，给你的父亲傅雷写，翻译家傅雷。"这下梅纽因有些气恼了，他像一头微愠的老牛，打着清晰可闻的喷鼻。

　　傅聪坐在钢琴前，弹了几个乐句，因为不满意，负气地在琴键上按出"咚"的一声。粗号记谱笔在五线谱稿纸上画了几行音符，有几行被画掉又标注了恢复符号。傅聪抓着头发，头伏在琴键上，"枕"出一串不协和音。凌霄开心地跺脚回应父亲的"乱弹琴"。

傅聪想发火。他看看天真烂漫的凌霄，想到自己的童年，弥拉又不能陪在儿子身边。他强行压住火气，边弹琴边捏着嗓子唱："傅凌霄后生，傅聪聪先生，后生倒是好后生，可惜先生他却是个白卷先生……"显然这个常和儿子耍的小花招很受小家伙喜欢，他用一连串的跺脚来与父亲唱和。

3

满身素白的小身影跪在祠堂里。旁边是披麻戴孝的年轻女人。女人因为微微佝偻着背，绷紧的孝服勾勒出脊柱的形状。小孩是四岁的傅雷——他此时还叫傅怒安，女人是傅怒安的母亲李欲振，二十四岁。时在 1912 年，上海南汇县周浦镇王楼村傅家祠堂。四岁的孩子，还不了解音容宛在、天人永隔、万古流芳的确切含义，他好奇地打量着高大的祠堂、沉重的硕大棺木、白纸上好看的毛笔字、巨幅照片中不苟言笑的男人——他管那人叫爸爸。他不明白父亲怎么跑到照片上去了。

李欲振一脸悲伤过后的麻木。丈夫的过早离世一下子把她击倒了。

虽说丈夫在世时族中遇到大事小情，族人也是习惯找李欲振主持公道，但对于一个家来说，丈夫毕竟是不可或缺的角色。丈夫的离世对李欲振的打击比两个儿子、一个女儿的夭折大多了。没了丈夫，李欲振觉得半边天塌了。六口之家一下子折损成了两口，往后这日子可怎么过？

傅怒安突然对花圈上的花朵起了兴趣。他站起身，扭着身子跑到离他最近处摘下一朵在手里把玩。李欲振的悲伤绝望总算找到了发泄口。她几乎没有屈体动作就起身了，风一般刮到傅怒安身边，拽下傅怒安手中的白花，拦腰提起傅怒安，唾沫、眼泪一起往下淌，巴掌一股脑往傅怒安屁股上招呼："我叫你不争气！我叫你不争气！"傅怒安"由衷"地哭了。在外人听来，傅怒安的哭声到得恰逢其时。

　　李欲振最后一次回头，表情复杂地看着埋葬了丈夫和三个孩子，也埋葬了她作为女人的一生的伤心地。李欲振手牵着傅怒安，身边站着傅怒安的奶妈母女俩、账房陆先生、老佣人松婆婆。

　　送行的族人半嘘寒问暖，半打探李欲振真实的心思："你为傅鹏的事操劳成疾，花掉的钱又车载斗量。傅鹏没救成，还把三个孩子的命白白给搭上了！你这孤儿寡母的，在祖屋好歹还有族人照应，到了镇上，我们有那个心，也没那个能耐照应你们喽！"

　　"族叔你们放宽心，我相信船到桥头自然直，这世上还没有我李欲振过不去的坎！我知道族叔你们担心什么——放心，这辈子我不打算找人了，就我们孤儿寡母娘俩过！人活一辈子，怎么过不是过？大官我会给培养成一个大人物，给西傅家列祖列宗上上下下长脸！"李欲振的一番话将族人心里的巨石"轰隆"一声掼到了地上。

　　"傅鹏家的，你可受罪了！我替西傅家列祖列宗上上下下给你作揖！"岸上送行的人纷纷对着船只作揖，动作参差不齐。一桨下去，船破水，开远了。

丈夫被诬投狱，尽管被李欲振设法从冤狱里救了出来，但因郁结难解，要命的肺痨到了晚期，也匆匆故去。六口之家一下子只剩下李欲振和四岁大的傅怒安两人。在李欲振心里，对于丈夫和夭折的子女的爱齐刷刷地转移到傅怒安小小的肩膀上，当然，连同这份沉甸甸的爱一起转移的，还有这个原先尽管日渐没落但还算富庶圆满的家风雨飘摇的命运。傅怒安是李欲振的救命稻草，她要孤注一掷。

一片喜鹊羽毛在南汇县周浦镇老城厢东大街 60 号三米来宽的拐檐大门处飘移。拐檐上一蓬青草长得漫不经心，草窠里去年僵死的枯草还在，青黄夹杂。进门是一个大院，羽毛穿过堂屋，进入厢房。堂屋和厢房的门窗、板壁都是木头做的，年深日久，成了深褐色。

账房陆先生在向李欲振报账："上月的开销略为超支，这个月恐怕要清苦一些了。下半年的房钱已经付给房东了。"

李欲振抬头，发现陆先生还立在当地："陆先生还有什么事吗？"

"太太，是这样，少爷学东西快，他长进了，可我脑子转得慢，肚子里存货又少，教不了少爷了。"

李欲振有些气急："大官又闯祸惹您生气了？陆先生，您等着，大官皮痒了，我替您给他松松皮肉！"

"太太，千万别！少爷没闯祸，我也没什么可生气的。我是真的为了少爷好，我一个账房先生会误了少爷前程！"

"您这话倒是在理。陆先生，您从账上多支一份月例吧，算是我和大官给您的谢师礼。"

陆先生摆摆手，谢过李欲振的好意："罢了，年景不好，您还是省着家用吧。"

因陋就简，家也是私塾。老贡生傅鹤亭在上首教四书五经，傅怒安因为自恃温熟了，跟读得有口无心。李欲振手里飞快地做着针线活，耳朵也没闲下来，她要把老贡生教给儿子的课"刻"进自己脑子里，等到查验儿子功课的时候，好与儿子的背诵两相比照。

老贡生喝水出恭再开讲，李欲振没来。

这回上的是书法课。李欲振不在，傅怒安捣蛋的神经醒转了过来。老贡生拖着个长辫子，捧着一本古书，踱过来，踱过去，傅怒安瞅准空当，左一笔圆弧，右一笔直线，不大会儿工夫，在老贡生的长衫背后"凑"成了只奇丑无比、憨态可掬、没有尾巴的大乌龟。老贡生的辫梢在乌龟尾部摆过来摆过去，活像乌龟摆尾。老贡生怡然自得地沉浸在默书的意境里，李欲振回来了。

老贡生吹胡子瞪眼，"你你你"半天，憋出一句"朽木不可雕也"。

李欲振怒火中烧，脱下鞋子就打："你个杀千刀的！害我在先生面前失了面子不说，你这般顽劣，将来还有可能出人头地光宗耀祖，替你冤死的爹报仇昭雪吗？"

搞得老贡生气也不是，劝也不是，罢课了事。李欲振打累了，少不了母子俩抱着哭一场。当然，可怜了傅怒安的屁股。

李欲振把油灯挑到最亮。瘦小的李欲振坐在暗处，一身黑，头上的发饰早去掉了，衣服上的盘扣和暗纹从视野里消失。傅怒安独自暴露在灯光里，这样一点细微的动作和表情都能被李欲振锐利的眼睛捕捉到。李欲振手里忙着白天在课堂上没做完的针线活。傅怒安站着背书。

奇怪的是，傅怒安背错一处，不识字的李欲振都能发现。傅怒安错一处，李欲振手里纳到半途的鞋底准会不偏不倚地落到傅怒安多肉的臀部。旧伤新创，雪上加霜，傅怒安生疼却不能吱声，吱声更会招来一顿饱揍——李欲振的逻辑是错了挨打知道疼，说明心思没用在悔过上，错了还不思悔改，更得揍。

夜深。黑暗中傅怒安双手捏着被子，睁开眼，看着母亲李欲振按脚。脚背和小腿肿得老高。李欲振起身穿鞋，鞋穿不上，只能趿拉着。李欲振收拾一圈家里，凑到傅怒安床边。傅怒安赶紧盖上被子，屏住呼吸。

"这孩子，蒙被子睡空气多不好，说了多少遍听不进。"李欲振掀开被子，翻烙饼一样把傅怒安翻个面，褪下傅怒安的裤子，一边上药膏，一边落泪。泪水掉在傅怒安屁股的伤口上，傅怒安疼得肉一凛，却不敢叫出声。李欲振一巴掌拍在傅怒安大腿上。傅怒安继续装睡。

"不老实，醒了还装睡！咦，没醒？你个小没良心的，知不知道你肉疼，妈的心更疼！你就认命吧，谁叫我是你妈，你是我儿！谁叫妈除了你，没别的指靠！打是亲骂是爱，不打不骂是祸害！妈不能祸害你，你敢淘，我就敢下死手！"

李欲振觉浅，上床睡下，鸡叫头遍，就爬起来，她怕影响傅怒安休息，在黑暗中蹑手蹑脚，上灯后把油灯转到最暗，开始缝缝补补。

4

一晃七年过去，傅怒安长成十五岁的文弱少年。这天他专程上了一趟南汇县。他没有像这个年纪的少年人一样东张西望，径直寻到一家刻印的铺子。见了店主的面，傅怒安就学大人模样拱了拱手："刻字先生，听人说你的印刻很好，有古意。"

"鄙人叫张愚若，大智若愚的愚，大智若愚的若。"张愚若也认真地拱了拱手回礼。

"愚若兄幸会！小弟怒安。"傅怒安找张愚若要了纸笔，在纸上写下名字：傅怒安。

"怒安兄是要刻名呢，还是刻字？"

傅怒安老实回道："我还没有字。"

"我有个点子不知当说不当说。"张愚若卖了个关子，傅怒安赶忙接过话茬："愚若兄但说无妨。"

"老话说，雷霆大怒，怒安为字，改名为'雷'如何？我给你刻两方印，白的刻名，朱的刻字。"

张愚若一番话如竹筒倒豆子，嘎嘣利落脆，一下子就打中了少年的心，他若有所思，念念有词："傅雷？傅雷，字怒安！妙哉妙哉！我喜欢！"

得了新名的傅雷这个欢喜哟，他捏着张愚若当场刻好的两方印，活像怀揣巨宝的暴发户，咧着嘴就去寻表哥朱人秀。傅雷提着小皮箱到了朱人秀家前面的石板路，一个十岁大的小姑娘挡在路中间。她穿着右开襟小袄，底下衬着麻布短裙和布底鞋，小袄上绣了一丛梅花，劈脸就问："我不认识你，你是谁？"

"我可认得你，你是人秀的妹妹，排行老五。我叫傅怒安，是你表哥。你可小人多忘事，前几年我还抱过你，才过几个春假你就不认得我了。"

朱梅馥背着手巧笑："傅怒安，好大的名字，'文王一怒而安天下之民'。"

"你也读《孟子》？"傅雷颇为惊讶。

"怎么？我不能读《孟子》吗？不过我还是更喜欢新学，英文和钢琴也不错，旧学文绉绉的，适合你这种书呆子读。"朱梅馥牙尖嘴利，颇为挂怀这个书呆子表哥的知识歧视。

"我不叫书呆子，我叫傅怒安！"傅雷较起真儿来，拍了拍脑门，"对了，差点忘记我改名字了，我的新名字叫傅雷，字怒安！"

"傅雷表哥，你人又文弱，还提着个书箱，跟我一个女孩子家较劲个没完，不是书呆子是什么？"见傅雷一本正经的样子，朱梅馥忍俊不禁，越发起劲。

"我不叫书呆子，我叫傅雷！"傅雷嘟囔着，大概觉得和小妹妹计较有失度量，声量低了下去。

"好了，不跟你说了，认识你很高兴，傅雷——书呆子！"朱梅馥掩口巧笑跑走。

傅雷脚步不动,声音追着朱梅馥的背影:"你还没告诉我你大名叫什么。"

朱梅馥的回答远远地传来:"我叫朱梅福……我不是小人……我比你小,你不许用话欺负我……"

傅雷暗自嘀咕:"梅福?好俗气的名字,我得给你改个好听的……敷?苻?甫?赋?馥?"傅雷掐指念叨,很快有了计较,大声冲朱梅福背影喊:"你就叫朱梅馥吧!音还是那个音,调不一样,和我的姓一个音调——你一个女孩子家,这个名才衬你!"

一日之内,傅雷和朱梅馥都有了新的名,命运开始启动它的巨轮,时紧时慢,不动声色地将两人的人生轨迹铰链在一起。

次日一早,傅雷是被鸟鸣声和朱梅馥清脆好听的晨课声唤醒的:"两个黄蝴蝶,双双飞上天。不知为什么,一个忽飞还。剩下那一个,孤单怪可怜。也无心上大,天上太孤单……"

傅雷起床,推开窗,调笑朱梅馥:"小梅子,你知道你念的这首诗是写男女相思吗?"

"我就念!要你管!" 朱梅馥恼了,扭着身子跑开,歌声也随着脚步一跳一跳地跑远了,"我从山中来,带着兰花草;种在小园中,希望开花好。一日望三回,望到花时过;急坏看花人,苞也无一个。眼见秋天到,移花供在家;明年春风回,祝汝满盆花!"

"这小囡,犟得很嘛,还唱上了。"傅雷没有意识到他从来没有这样的笑模样。回过头，发现抵足而眠的朱人秀睡得正香。傅雷俯在他耳边学了两声鸟叫，朱人秀伸伸懒腰，摆出个"大"字继续睡。傅雷从鸡毛掸子上扯下来一根鸡毛，轻轻逗弄朱人秀的鼻子。朱人秀一个喷嚏打在傅雷脸上，傅雷老大不高兴："你也真够讨厌，哪有照着别人面门打喷嚏的！"

"你吵醒我的美人梦我还没说你呢！"朱人秀的逻辑更强大。

"好好好！我道歉，不该吵醒朱人秀大人的美人梦！你做你的大春梦去吧！昨天谁拍胸脯说今天要陪我回王楼村的？你说话不算数，那就一笔勾销好了，我自己去！"傅雷故意做出气鼓鼓的样子引朱人秀上钩，朱人秀果然沉不住气了："好了好了，我起床陪你去还不行吗？"

傅雷和朱人秀前脚走，朱梅馥后脚就追上来了："三哥等等我！"

"我和傅雷回他老家，你跟着我们做什么？"朱人秀一脸嫌弃。

朱梅馥搬出尚方宝剑："我和妈妈说过了，她叫我去监督你们，怕你们玩性大忘了家门朝哪开！"

三人乘木船从南汇县城出发，北折又西折，经过"小上海"周浦镇，再南折又东折地走，一路走了三十华里，到了王楼村。傅雷付了船费，率先跳下船，朱人秀跟着抱着朱梅馥也跳下船。二十米外是鳞次栉比的瓦房。傅雷手一挥，豪情万丈："那里，那里，还有那里，都是我家的地，有五百亩呢！那里，那里，还有那里，都是我家的房子，三十六间房，人秀，你随便住！"

朱人秀心下羡慕，嘴里却不饶人："你家的房子，你都不住，我怎么住？"

"我可以送给你呀！你可以改成你想要的样子。不过咱们可说好了，我要和你睡！"傅雷作势要上来勾住朱人秀的脖子，朱人秀赶紧逃向一旁，两人闹作一团。

朱梅馥不高兴被傅雷忽视了，嘟着嘴生气："你把房子都送给三哥了，那我住哪里啊？"

"你放心！咱们仨是拆不散打不烂的铁三角，有我和人秀住的，就有你住的！"

"那纯姐姐、大哥、二哥他们住哪儿呀？"朱梅馥到底是小孩心思，盘算起了全家人如何住进傅雷的老家，如何维生，如何作息。

"三十六间房，他们想住哪就住哪，每天换着房间住都够够的……"

5

傅雷给李欲振捏肩捶背，因为舒坦，李欲振嘴里发出满意的喉音："我都记不得有多久没打你了。"傅雷撅起臀，李欲振在傅雷背上拍了一巴掌："多大的人了还胡闹。你两次被学校开除，一次差点被巡捕房抓去坐监，我都没有打你。在我心里，你出了远门就是见过世面了，好比是你常说的那个什么鸟？对对，鸿鹄，好比是鸿鹄，就再不能用对待家雀的方式对待了。这一次吧，你说你考上了持志大学，好好读不行吗？偏嫌校风不好。我看你就是让我给惯的，无法无天！"

傅雷已是十九岁的人了，确实老大不小了。"妈，你知道我不会乱编排，持志的校风真的差劲。我这么和你打比方吧，就像一间屋子，没有门没有窗，阳光透不进来，那点空气浑浊到要把人呛晕过去！那样的人生是混吃等死的人生，再待下去我这辈子就完了！当然了，整个国家也好不到哪儿去，早晚得完蛋！"

李欲振黑着脸："还拉上国家陪绑了？照你的说法，你妈我就是在混吃等死呗！"

"妈，我又不是说你，我是打比方。我比方打错了还不行吗？妈，我跟你说，我可想好了，去法国留洋，喝洋墨水，吃外国菜，娶外国妞，再给你生一个金发碧眼的孙子回来！让你高兴高兴！"

"你敢！你西门朱家小表妹不比外国女人好一万倍？还高兴！你可饶了我吧！我还想多活两年！大官我可跟你说明白了，你敢给我胡闹找外国女人生怪物孙子，就别认我这个妈！你是滚刀肉，可老傅家怎么看我？街坊邻居怎么看我？你妈我丢不起这人！"

"我看外国女人就挺好，混血儿还聪明！再说了，小梅子还是小囡囡，我怎么娶她？"傅雷有些不情愿，嘟嘟囔囔辩解。

傅雷总算递了个好话头给李欲振，她眉眼里都是笑："你有年头没见着梅子了吧？你是不知道，朱家这个囡囡那个好啊，对谁都是笑眉笑眼，生生招人喜欢！她也喝过墨水，能弹琴，还学过蝌蚪文，和你能说到一块儿去。最要紧的是我看准了，她屁股大，好生养！"

"妈你说什么呢？不好这么说人家黄花大姑娘！"

"这还没怎么着呢，就开始替梅子说话了？那将来这家里还有我的位置啊？"李欲振用怪怪的眼神盯着儿子看，那神情里有淡淡的失落，但一纵即逝，毕竟喜悦是最主要的，眨眼把那一星失落吹散得无影无踪。

"别说和小梅子没什么事，就是和她怎么着了，也动摇不了您在家里的身份地位！你是我妈，一家之主！别人是外姓，只是外人！"傅雷把李欲振的手团在自己手心里。母亲好哄，儿子的一点示好就能融化母亲心底那一块冰坨。

"就会说好听的哄我！你日后但凡能记得家里还有我这个妈，我就知足了！唉，没命地把你拉扯大，好容易有个盼头了，你偏要抛家舍业去留洋！我看顾仑布就不是什么好东西，他不撺掇你，你能想到去什么法国？"

"我说我怎么在打喷嚏呢，原来是舅妈在念叨我。"进来的是一个打扮洋气的男子——傅雷的远房表兄顾仑布，和一个头发盘得服服帖帖、对襟袄子领口处缀了一枚铜钱大的翡翠扣子的妇人——傅雷的姑妈傅仪。

傅仪进门就为傅雷说和："姐姐，儿大不由娘，你就由着大官吧。"

李欲振赌气，小声嘟哝："不是你的孩子不心疼……"

"姐姐不要假意拿话伤我，谁看不出来我真心疼大官？等大官生囡囡了，你要带不过来，言语一声，我就来帮你带。"

傅仪激李欲振，偏偏李欲振不受激："你这做姑妈的眼光够长啊！你上过洋学堂，你要和我争我可争不过你！你和顾仑布是大官搬来的救兵吧？也好，老傅家就数你明事理。你倒说道说道，凭什么我就该把大官往洋人堆里送！"

"大道理不消我讲你也明白，咱们就说说大官眼眉前的事：国内的大学哪儿哪儿都一样，大官是不可能去上学了；你要大官这就出社会做生意？也不是你的本意；赶紧提一门亲，把婚事办了早生养，大官不甘心。留洋镀一层金，见的世面、结交的朋友都不一样，起点就高了，回国就是上等人，大路朝天，这不正是你做梦都想要的？你要是哪天想他了，一封家书就把他催回来了……"傅仪说得都在理，李欲振就算有心找茬，这番话的软茬硬茬都找不出一星半点来。

"罢了，我说不过你，就从了你们吧。你算说对了，儿大不由娘，我就狠狠心，从了！就是卖地卖血，我也咬牙供大官留洋！"

傅雷跳起来在李欲振额头印了一个吻，李欲振用袖口使劲擦额头："没大没小！这孩子是越大越不像话！大官我说你也别高兴得太早，你要留洋，先得答应我一件事。"

傅雷跑去和顾仑布四手相牵，跳起来转圈，听闻母亲留话口，赶忙接住："别说一件事，十件事我也答应！"

"你和梅子把婚订了！"

6

第二天就是新年。黄浦码头上泊着昂达雷·力篷号邮轮。众人前来送别傅雷。好友中的燮均、临照忙着跑前跑后，两人及其他好友炳源、牟均瞅着空当和傅雷道别。顾仑布和傅仪离傅雷最近，顾仑布高声谈论巴黎的美景美食美事，傅仪言语虽少，每每都能说中要点。

母亲李欲振的心和傅雷贴得最近，却站在圈子外，用眼睛，用鼻子，用心肝脾肺，用所有感官，贪婪地勾画傅雷故作潇洒却内心沉重的轮廓：厚厚的镜片，那是为了更深刻地看透这个世界，更广博地求知；深深的人中沟，显示出他对自己变得日益完美、进步的强烈欲望；倔强的唇形，吐出的每一个音节都是那么动听；突出的颧骨，把他的暴脾气和独立于世的命运展露无遗……

　　已经和傅雷订婚的朱梅馥和未来的婆婆李欲振站在一起，她的眼睛里有新奇和兴奋，却没有太多不舍。

　　傅雷眼睛看着远处起落的海鸥及眼前和他说话的顾仑布与傅仪，心思却全在母亲身上。他的左脸能感受到李欲振灼热的目光，却只能佯作不知。

　　就在李欲振几乎要放弃儿子照顾她离情别绪的希望时，傅雷撇下众人，走到李欲振面前："妈——"

　　"大儿——"这声最本质、最原初、最贴近二人血肉联系的呼唤里藏有千言万语。

　　"上船前能不能给我再理一次发？"傅雷的要求出人意料。

　　"净说傻话，你出洋了会留时髦发型，哪能还惦记着妈的三脚猫手艺！"

　　"十九年了，我习惯了让妈给我剪头。"

　　听儿子这么说，李欲振强压下去的眼泪漫出眼窝："你这是成心要妈出洋相！我就是想给你剪头，也没剪子推子啊。"

　　傅雷变戏法一样从身后"变"出了剪子、推子、剃刀……箱子立起来就是椅面，燮均比其他好友抢先一步当了椅背。李欲振左手的梳子在哪儿定住，右手的推子就走到哪儿，三两下剪好了头发。牟均手上托着胰子，李欲振提起胰子刷，在胰子上磨几磨，起泡适中，在傅雷鬓角和唇周涂上一圈。燮均一手勾着剃刀布，李欲振右手握剃刀，在剃刀布上上下刮几下。李欲振手起刀落，把傅雷的鬓角、胡子刮得只留下一层几乎不可见的青茬……

近处远处，三五成群的中国人中夹杂着其他肤色的人，大家饶有兴味地看着偌大的码头上这幕理发"奇观"。

汽笛声响起。傅雷就要上船，雷垣飞奔而至。两人拥抱几秒钟之后才分开，两双手又牵在了一起。

"雷垣！"

"傅雷！"

友人们打着趣，李欲振也加入进来："这两孩子，怎么这么黏乎！"

傅仪帮傅雷的腔："可不是孩子嘛，在他们这岁数，情谊大过天！"

朱梅馥眼睛看着傅雷的做派，耳朵听着李傅二人的对话，嘴里吃吃笑。

"现在不是考试时间吗？你不是从来不逃课的模范生吗？今天怎么破戒了？"

"最好的朋友出国千里万里，不知道几年才能回来，我还不能逃一门考试啊？"

雷垣在码头上，站在人群最前面，后面是李欲振、其他亲友和陌生的送行人。大家拼了命地摇手。雷垣摇手的速度比别人慢半拍。

昂达雷·力篷号邮轮上，乘客在邮轮上拼命摇手，傅雷摇手的速度比别人快半拍。他心里对母亲的不舍被雷垣的出现冲淡了。他的眼前浮现出与雷垣初识的情景。

那是去年，傅雷站在上海大同大学附中墙报前仰脖子看一篇文章，文章写作者从小父母双亡，比自己还悲惨。傅雷推人及己，不由眼圈发烫。他替作者感到悲伤，也为自己难过。他赶紧去看作者名字：雷垣。

上海郊外，只有脚踩松针的声音和树叶落地砸出的声响。傅雷和雷垣手牵手踩在厚厚的松针上，他们心里明明怀着快慰，却又害怕这种感受，只是也说不出到底怕什么。光斑在林木的枝杈和二人的脖颈间跳动。

两人在船上对坐，划两下桨之后罢手，谁也不划桨，任船在水面上漂浮。望望落日，望望水面，望望对方，在对方的眼中发现了颠倒的自己。他们沉默，他们开口说话。

山坡上，两人奔跑、追赶、雀跃。傅雷的声音传得远远的，山的回响与傅雷的声音交叠："喂——我终于有朋友了！我终于有朋友了！"

是夜，傅雷搬着行李，跟雷垣住到一起。两人有说不完的话。因为对一个问题见解不同，傅雷脸红脖子粗，激动得把手中的课本掼到地上。课本掼地、掀翻棋盘棋子四散的声音，和着傅雷粗重的喘气声，余人大气不敢出。两人各自气鼓鼓睡去。第二天醒来，傅雷向雷垣道歉，弄得雷垣手足无措。又一天，傅雷和雷垣下象棋输了，掀翻棋盘。两人再次各自气鼓鼓睡去。第二天醒来，傅雷再次向雷垣道歉。因为次数多了，雷垣便习以为常。

7

转眼已是第二年春，傅雷在昂达雷·力篷号邮轮上规律作息，晚上九点熄灯睡觉，早上六点翻身起床。日复一日，太阳从海面上升起，又沉入海底，日子不免单调乏味，傅雷升起讲"礼"的兴头。

"我，傅雷、洪永川约法三章：维护中国人的尊严，对待外国人不卑不亢、不失国格。"傅雷和洪永川时而穿挺括、潇洒正装，时而着晚礼服。有晚装女郎邀请傅雷去舞厅，有比基尼女郎邀请洪永川去舞厅，二人用不同方式婉拒。

"公共场合，不论寒暑，都应穿合时服装，打好领结，内外衣服干净整洁。"

"按时进入餐厅，席间不无故离开，进膳时不大声说话，交谈和微笑的频率做到恰到好处。"

傅雷和洪永川每周看两次电影。进电影院时，傅雷提醒洪永川领结歪了，洪永川赶紧对着傅雷的镜片整理好，边背诵起傅雷的训诫："公共场合各自注意姿势和举止，若发现对方有失检之处，当即用华语轻轻提醒，随时改正。"傅雷轻轻捶了洪永川一拳。

傅雷用英语表达一个意思要费半天劲，说出口的英语口音不正之外还磕磕巴巴。洪永川英文较好，傅雷与洪永川的法语都不够日常交际之用，凡与船上法国服务员和欧洲游客交谈、上岸游览，洪永川自动充当英文翻译。

一个俄国年轻人，比傅雷小一岁，但看上去像三十多岁。俄国人的家在哈尔滨，父亲是眼镜商人，他此行是要去德国学眼镜的学问。他讲得一口流利的英语，还读了托尔斯泰、普希金、陀思妥耶夫斯基等大师的名著。傅雷暗暗发誓要奋起直追。

傅雷上船时带了一本《法语初级读本》，利用一切空闲时间补习法语。船过西贡，一个年轻的安南人上了船，讲得一口流利的法语。傅雷、洪永川二人请安南青年每日教学一小时。教学之余，二人主动魔鬼式训练。一个多月后船抵法国时，傅雷已经会用法语与人熟练对话了。

船泊新加坡港。一群各年龄段的黑人，下身兜一块布条，手托一个小罐，哇哇叫着向船上的旅客乞讨。船上旅客把硬币投入水中，黑人争相入水。抢到硬币的黑人浮出水面，把钱高高举起。傅雷也慷慨投币。

船泊科伦坡码头。西装革履、打着领结的洪永川和傅雷上岸游览，引起一些人的注意。一个英国人用言语挑衅："你们好，日本朋友！"

傅雷辩驳，洪永川翻译："你好，英国朋友。我们是中国人，龙的传人。"

"中国人？不可能吧！中国人不是穿长袍马褂留辫子吗？"英国人耸耸肩，摊开手，表示怀疑。他的话引起围观者的哄笑。

傅雷觉得受到莫大侮辱，这个火药桶被点着了："我们中国人关注你们英国的每一个进步，为什么你们英国人不会睁开眼睛看看中国的变化？时代不同了，中国早不是长辫子三寸金莲的中国了！"英国人道歉走开了。傅雷和洪永川气得吃不下饭。

船入红海。甲板上，傅雷与洪永川躺在从香港买的躺椅上。躺椅的方向，正向北方，可以遥望北斗。

船入地中海。突起大风，浪涌船摇。傅雷与洪永川站在甲板上。海浪越来越大，一个巨浪劈头盖脸打来，浇得傅雷浑身湿透，傅雷身后洪永川的大衣和帽子也被浇湿了。船员和洪永川劝傅雷回到船舱里。傅雷拒绝，独自在甲板上接受风浪的扑打。

船近终点。为了不让外国人说中国人吝啬，傅雷和洪永川给服务生的小费比外国旅客给得多，还把两只帆布躺椅也送给了他们。服务生对他们竖大拇指，称赞他们大方。

<h1 style="text-align:center">8</h1>

傅雷出现在法国贝蒂纳·法朗士夫人家门口，还没举手敲门，法朗士夫人开了门："你好，没猜错的话，你就是那个来自中国的年轻人傅吧？"

"你好，法朗士夫人，是我，我叫傅雷！"被未曾谋面的陌生人一眼认出，任谁都会欣喜，何况对方还是外国人，傅雷又年方二十，内心的欣喜把傅雷一路的风尘扫荡无遗。

法朗士夫人对这个刻意认真咬字的中国年轻人挺有好感，她帮助傅雷归拢行李："行李不多还挺沉的！"

"我衣服不多，全是书。"傅雷尴尬地笑笑。

"你爱看书？"

"是的夫人，我什么都看，中国的、外国的，哲学、历史、文学、艺术……

乱看。最近在苦学法语，也在看罗曼·罗兰的书。"

法朗士夫人的眼睛亮了一下。她心里有了个主意："傅，我就不客气了，我欣赏你，勤苦的孩子，你看我教你口语够格吗？"

"夫人，当然，荣幸之至！我一百个愿意！"傅雷大喜过望。

"我教不了你罗曼·罗兰，只教你口语。口语是你在法国闯荡的一张脸，就是你们中国人喜欢说的敲门砖……"

法朗士夫人在傅雷坐立行走、一日三餐的日常生活中随时讲解，纠正傅雷的发音和会话。傅雷的法语课本和文法则由另一位老师教。傅雷的词汇量大大增加，口音日渐纯正，流利的口语给了他莫大的自信。这种自信给他镀上了一层迷人的光晕。

"我娘家以前家境很好，父亲逼着我读了不少书。我的先夫也爱读书，包括你提到的罗曼·罗兰的《约翰·克里斯多夫》。他是一名校官，一战时战死了。可惜我没有给他生个一儿半女……"法朗士夫人开始在傅雷面前无话不谈，既是她"教学"的方法，也是情之所至。

"夫人，抱歉无意勾起了你的伤心事……"

"我不伤心，什么事熬过去了，留下的只有甜蜜。傅，你进步之大真让人吃惊。你太用功了，我现在担心你的健康，和我一起去莱芒湖转转吧，你会爱上那里的。"

很快，傅雷考上巴黎大学文学院的喜讯传来，傅雷第一个想到的就是与法朗士夫人分享。法朗士夫人用深情的拥抱祝贺傅雷："傅，恭喜你考上了巴黎大学文学院，了不起！"

"感谢你，夫人，我能够考上，你立了首功！这是我有生以来第一次真正意义上的成功！"

"你将来还会取得各式各样更大的成功。如果某一天有人告诉我，傅成了闻人显贵，我一点都不会意外。你是个特别的年轻人，你的心里装着一团火。我早就把你当家人了，想家了就回来，这个家永远对你敞开大门。"

"会的，我会再回来的！我爱法国，我爱这个家！"

"我很高兴你这么说——车已经备好了——现在，你要做的就是好好享用你的早餐。"

傅雷享用着法朗士夫人亲自准备的早餐：刚刚烤好、散发着清香的酥油面包，奶香四溢的牛奶，嘎嘣脆的麦片，新鲜的蔓越莓。傅雷的心情也像法朗士夫人精心准备的早餐一样，散发着并不浓郁却沁人心脾的芬芳。

9

巴黎对于傅雷意味着什么？按常理，可以算作傅雷的第二故乡。母亲李欲振和沉重的家族命运刻在他生命里的印记，在巴黎的春光秋色中早已荡然无存。巴黎，是这个年轻人最初的灵魂印记。日后还乡，并最终被命运的车轮裹挟着魂归故国，他是否后悔离开这滋养他的翻译之笔，某种程度上实乃他的精神之邦、缪斯之源的巴黎？

傅雷与刘抗租住在巴黎郊外马恩河畔诺冈区一个家庭式公寓。二人朝夕相处，向对方汲取艺术养分。白天，傅雷去巴黎大学听文艺理论，去卢浮宫美术史学校和梭旁恩艺术讲座听课。夜晚，傅雷和刘抗相偕上歌剧院、音乐厅看演出，去各种艺术馆和画廊观摩大师们的不朽名作。日日夜夜，傅雷与朱光潜、梁宗岱、张弦、陈人浩在咖啡馆里谈文学，谈艺术，谈国运，谈中西文化……无所不谈。巴黎大学离卢浮宫不远，傅雷和刘抗泡在卢浮宫，有时在一张画前可以看上半天甚至一天。

1929 年春，经刘抗介绍，傅雷每天上午去给初到巴黎的刘海粟、张韵士夫妇补习法语。傅雷与年长他十二岁的刘海粟一见如故，成为至交。刘海粟与傅雷一起拜访莫奈、凡·高、高更等艺术大师的故居。傅雷给刘海粟翻译说明词，刘海粟则从画家的角度评价每一幅画。傅雷总是随时做笔记。

初秋，瑞士莱芒湖畔的圣扬乔而夫迎来傅雷、刘海粟、刘抗、孙伏园、孙福熙等一众东方面孔。莱芒湖似乎有一种魔力，来到这里，时间都好像慢了下来。日光明媚，月光清凉，湖光与山色，木屋与静好知足的居民，种种情状，仿佛与世隔绝。傅雷住在莱芒湖畔的"蜂屋"里，在露台可以远眺山上的皑皑积雪。

路过苹果树，刘海粟摘下艳红、熟透的苹果往口袋里装。傅雷赶紧抓拍："海翁在阿尔卑斯山窃取苹果，立此存照！哦，对了，大师偷苹果不叫偷，叫牵——顺手牵苹果。"众人哄笑。

孙伏园打趣道："怒安兄，也只有海翁在场你才会这么调皮！我还能背你在《法航通信》里描摹莱芒湖的句子。"

刘抗接荏道："那可不，你是北大高材生，《法航通信》又是经你手发表的。"

"莱芒湖却是一条大河中间的一段，好像水蛇吞了癞蛤蟆，一时不得消化，因而成了鼓起的大肚子……"孙伏园绘声绘色的背诵惹得众人大笑。

刘海粟与傅雷互表倾慕："怒安，想不到你还有这一手，'水蛇吞了癞蛤蟆'，这种词也只有你敢用！"

"海翁前日那幅《圣扬乔而夫飞瀑》也是神来之笔，亦中亦西，不中不西，直眼盯久了，那飞瀑真的像要从画纸上飞泼出来，溅人一身水！真是好画！"

"海翁与怒安一见倾心，可曾听说怒安在国内频频被学校开除的'美'名？"

刘抗表面上是揭傅雷的丑，其实是溢美。这是文人间常用的伎俩。刘海粟何等聪明，立马接过话头："哈哈，还有这等事！怒安兴之所至，难免会得罪人，理解理解。回头来看，糗事也成了炫耀的资本，好比是将军身上的疤。我提议啊，咱们在场的都是兄弟，兄弟之间不客气，不要海翁、怒安地叫，直呼其名就好。兄弟们喊我老刘，喊傅雷老傅就是！"

"行，恭敬不如从命！老刘，你没听说过我的丑事，我对你的'风流韵事'可是闻名已久。"傅雷这句回敬，将刘海粟带回那场著名的风化之争，他不由轻喟一声，轻轻地摇了摇头。

唱机响起一个清冷的女声，是新近走红上海滩的名伶，颇受商界、警界、文人追捧，常听到有人为了听她一曲打破头的闲话。

1926年春，上海县政府县长办公室。县长危道丰一拳又一拳擂着官案："乱弹琴！堂堂美专一群男人围着画光屁股女人！青天白日，有伤风化！"

第二天，上海美术专科学校校长办公室，一学生撞门而入。刘海粟迎上来："什么事？有话慢慢说。"学生上气不接下气，抛给刘海粟一张报纸，报载"上海县县长危道丰严禁美专裸体画"。"乱弹琴！真是大言不惭，虚张官架！这个不学之徒懂什么艺术！"刘海粟大为光火。

是夜，刘海粟奋笔疾书……

次日，危道丰将《申报》摔在干事脸上，报载"刘海粟函请孙传芳陈陶遗两长申斥危道丰"："我白养你们了！看看你们干的好事！"

危道丰的气一直生到夏末。这天，他喜中有愠，手指点着《大公报》，报载"孙传芳两大禁令——旗袍与模特儿"："有五省总司令做靠山，我怕谁！我要控诉！师爷，给我拟状，告他刘海粟辱我人格，毁我清誉！"

法租界捕房旋即陪同法警送传票给刘海粟。刘海粟请来的陈霆锐、吴经熊律师陪同刘接收传票。刘海粟如鲠在喉，欲哭无泪："裸体模特……我美专用了十二年！十二年！可还是关张大吉！二位……还有望二位……"

"我们商量过了，公道在大师这边，只是天命难违。于今之计，上策还得是大师屈尊低头，走个场面算了。五十块大洋也不必大师拿……"吴经熊给出底牌。

陈霆锐、吴经熊律师陪同刘海粟走出法庭，一群记者围了上来："刘校长坚持的立场呢？何以倒赔了五十块大洋？"

刘海粟摆摆手。吴经熊看看刘海粟，回头拦住记者："大师累了，不上诉了。今天没有新闻，诸位散了吧。"

陈霆锐、吴经熊律师与刘海粟同车离开法院。陈霆锐感叹："这次够凶险，好在总算化险为夷。"

"可不是嘛，孙传芳都下了通缉密令，还嫌力度不够，又电告上海交涉员许秋风和领事团，要他们关停美专，缉拿大师。"吴经熊接口。

"好在美专所在租界归法国管，法国总领事认为大师无罪，许秋风也无计可施，这才出主意登了报，好让孙传芳有台阶下。"

"我刘海粟为艺术而生，也愿为艺术而死！要不是我的老师康南海一天找我三次，替我担惊受怕，我宁死也要坚持真理！我不死，美专不关停！气人的还有舆论，有人把我和张竞生、黎锦晖相提并论，说是上海滩三大'文妖'——提倡性知识的张竞生、唱毛毛雨的黎锦晖、一丝不挂的刘海粟。真是岂有此理！"刘海粟气得青筋暴起。

刘抗、孙伏园、孙福熙、陈人浩等大笑。刘抗率先发言："老刘你是一个有故事的人啊！以前只知道你裸体模特的传说，今天才知道这里面还有这么多曲折。你和老傅在精神气质上是相通的，难怪他视你亦父亦兄！"

"可以这么说，只是我和老傅的相知相交远不止这么简单。他对我的画的理解……那真是……后无来者！就像我说蔡子民是我唯一的老师，我现在说老傅是我在这世上唯一的知音也不为过。当然了，他的艺术品位天才绝不止于对我的画。他对文艺复兴三杰和整个西洋美术、整个西洋音乐的品位，那才真叫拨云见日、直达本质！你们是不知道，从现在起他还是个翻译家！他刚翻完的咱们住的村的村史、翻译过半的《艺术哲学》，要是有幸过眼，那解渴劲三月不画人体模特都值！"

刘海粟这番话说得傅雷如芒在背："老刘是要捧杀我……你已经登到绘画艺术的山顶了，我做翻译还在山脚下，顶多是在爬坡阶段。何况我做翻译的初衷只是为了练习法语。"

"老傅，说实在话，我真的羡慕你和老刘这样忘情的交谊！"给二人友情牵线的刘抗不禁感慨。

"我和你又何尝不是？借老刘的话说，咱们是兄弟——投缘不觉韶华过，咱们出门是白天，走到月亮都升起来了。说一句不怕肉麻的话——与君世世为兄弟，更结来生未了缘！"傅雷显示出过人的共情能力，两句话把刘抗微妙的情绪照顾周全。

众人抬头望月，刘海粟看着月光下的傅雷若有所思。当夜，刘海粟夫妇寓所内，白天所议、所见、所感走马灯一样在刘海粟脑海里闪现。刘海粟挥毫画下《莱芒湖的月色》。

10

柔情的阳光仿佛是情人的手，抚摸着艺术之都巴黎和"巴黎之河"塞纳河。时间还早，但已有早行人：艺术家练摊，晨练者慢跑或竞走，上班族脚步怡然自得。显然，身处这样一座城市，不去享受生活的馈赠就是对生活的亵渎。

一个黄皮肤年轻人沿着塞纳河，步子像踏着古典音乐踩在云朵上。他穿着质地考究、裁剪得体、挺括中透着一点随意的三件套西服，西服外套、马甲和衬衣保持了色调的延续和呼应，这样既不显得古板又没破坏着装礼仪，还淡淡地透出自己的个性。他的领带打得很仔细，故意挑了几个部位做出小褶皱和"酒窝"。他走路带风，稍稍昂起的下巴显出他的自信和固执，油黑发亮的长发飘在脑后，显然这是一个有权利做梦也正在把梦想变成现实的处在人生上升期的年轻人。

年轻人被一个"粘"在画摊前的女郎吸引住了。她的腰弯下三十度，这使得她能够清晰地看清画幅上的每一处细节，又很好地保持了优美的体态。尽管只能看到她的背影，年轻人断定这是一个难得的大美人。他不忍多看了两眼，心里笑话自己的"多情"，摇了摇头，就想走开。

女郎的声音像蛛网粘知了一样"粘"住了年轻人。

女郎回头看到年轻人，赶紧招呼："嗨，你能帮我看看吗？——你是中国人吧？你懂中国画吗？"

年轻人被女郎音乐一样美妙的声音迷住了，何况她还认出自己是中国人。年轻人的心跳在那一刻变频了。他知道，爱情来了："嗨，乐意效劳。我是中国人，我对中国画略通一二。"

年轻人是傅雷，他近看那幅画，用仿宋体题着《早钟》，画的是江苏水乡风光，高墙灰瓦远黛，小桥流水人家，画者在国画画法中借鉴了西洋画的三透视。画的落款是明晚期。

"怎么样？看出什么没有？摊主告诉我这是一幅有四百年年头的古画，是真的吗？"见傅雷半天没言语，女郎有些怀疑他到底懂不懂中国画。女郎眨巴着一双蓝色的眼睛，在长长的睫毛掩映下，像汪了两潭塞纳河——不，莱芒湖——的水。

摊主也不错眼珠地看着傅雷。显然，他想做成这笔买卖，但又不好直接开口向傅雷求助。傅雷决定据实以告："你如果想买真正的古画，那就别买。这是一幅赝品。如果你只是想买一幅好看的中国画，那就可以买下来——画者有一些功底，中国画强调的意境和西洋画的造型艺术他都具备。摊主出的价也还算实在。"

女郎二话不说，爽快地买了下来。摊主说着感谢的话，感谢女郎，也感谢傅雷没有搅黄这笔生意。

"你不讲价的吗？"傅雷对女郎的购物作风颇为不解。

"为什么要讲价？你说这是幅好画，我也喜欢，摊主也没要高价——我很好奇你年纪应该比我大不了多少，怎么好像懂得很多？"

"我刚来巴黎不久，是巴黎大学文学院的新生，我学的东西很杂，美学、美术史、古典音乐史、艺术哲学、文学……什么都学。"

"很高兴认识你，来自中国的巴黎大学高材生！"女郎热情地伸出右手，傅雷的手伸到一半，被"抢断"了——一个头发比傅雷更长的法国男子半路杀出，一把握住了女郎伸出的手。

"沃特纳，你没看到我在和朋友说话吗？你这样太无礼了！"女郎白皙的脸蛋涨得绯红。

"朋友之间是不存在无礼这种事的——要我说，你的朋友就是太多了！你到底想让多少'朋友'为你争风吃醋？"那个叫沃特纳的年轻人不顾女郎的抗议，拉着她的手就走开了。

傅雷目送他们笑闹的背影远去，发现自己心底那片平整的沙滩上，已经留下了这个女郎浅浅的脚印。

傅雷走出巴黎大学校门，仰头看着巴黎大学上空海蓝宝石一样的天。

一个人影挡在他面前。他往左让，人影也往左移；他往右让，人影再往右移。

他把目光从天上收回到地面，被吓了一跳：白天在他心上留下脚印的姑娘背着手，笑得像一朵花一样抵在他的鼻尖下。

"嗨，真是人生何处不相逢，咱们又见面了！我叫玛德琳·贝尔。你叫什么名字呢，我的缪斯男神？"女郎大大方方地自报家门。

"这么说咱俩确实有缘分。我叫傅雷。你叫我傅雷或者傅，当然你爱叫我雷也行。你怎么高兴怎么叫！"傅雷顿时心情大好。

"如果我想叫你甜心或者男朋友呢？"玛德琳会笑的眼睛一转，半是捉弄半是认真。

还没适应玛德琳法式热情的傅雷一时不知该如何应对，只好岔开话头："你说到缪斯，你才是我的缪斯女神……"

两人说说笑笑就走到了塞纳河畔，傅雷提到自己近来在读的好书和昨天见过玛德琳之后萌发的艺术灵感。说到艺术话题，傅雷滔滔不绝，他的魅力也开始展露无遗。玛德琳听到会心处，会适当回应傅雷，而她热烈的目光几乎片刻不离傅雷那张戴着圆框眼镜、不如西方人那样棱角分明却也不像东方人那样轮廓柔和的脸。那张脸因为被突如其来的爱神之箭洞穿而会发光、会歌唱，爱和自信给他罩上了双倍的光环。

二人沿着塞纳河上行下行，也拾步过桥，织布一样反复丈量着巴黎美好的傍晚和深夜。人类史上的美和艺术以及爱情是这对人儿谈不完的话题。日影和月影见证着爱情的种子在这对人儿的身体和灵魂深处萌芽。

转眼就是冬天。爱美的巴黎到了乱穿衣的季节。有人裹紧大衣，有人敞着风衣，有的女人爱美，蹬着高靴，露着一双大腿。

巴黎大学的建筑有年头了。巨大的阶梯教室里放了几个火炉，火炉和人体散发出的热量碰到冰冷的窗玻璃，凝结成细密的水雾。

教室里满满当当，讲台前的地面上、过道上坐满了人，有迟到的学生，也有前来旁听的人。格外扎眼的是一些年龄明显超出学龄的女人，她们离火炉最近，恨不得抱着火炉贴烙饼。她们才不听教授讲什么，她们不是来蹭课的，她们是来蹭暖的。她们手里忙活着织围巾、剪纸等打发时间，嘴巴时不时地凑到旁边的耳朵旁聊些家常。聊到情难自禁处，还会发出尽可能压抑的笑声。教授也不生气，偶尔还与她们打情骂俏几句，惹得哄堂大笑。

"音乐是流动的建筑，建筑是凝固的音乐，绘画是上帝打翻了调色盘，雕塑是天堂堕入人间……"

一个妇女高声发问："教授，你到底是教音乐还是教建筑？"

"教授教的是撒泡尿和稀泥……"另一个妇女就没那么客气了。

"很遗憾，你们今天的笑话没有昨天好笑。"教授回敬。

"我也很遗憾，你今天讲的课也不如昨天好玩。"发问的妇女也不甘示弱。

傅雷坐在第二排，玛德琳紧挨着他。对于巴黎大学的上课乱象，傅雷从最初的心理不适已经变得熟视无睹甚至有些欣赏了。他惊讶于自己的变化——这要搁在国内，他是会以"校风不好"为由逃课的。这种变化不知道是由于他醉心于巴黎的浪漫底色，还是有感于教授的精彩授课，抑或是由于爱情的悄然而至给一切涂上了一层暖色，看什么都是美好。

法国梧桐向窗口伸来一枝，残雨顺着树叶滚动。太阳出来了，照在雨滴上，折射出好看的光晕。雨后传来鸟叫声，声音格外清脆。

"雨停了，出太阳了！咱俩不要闷在家里做书虫了！"玛德琳从傅雷寓所跳了出来，傅雷紧跟在后。

迷蒙的水汽使二人的眼睛和心情也变得水汽氤氲。傅雷和玛德琳挑了一张长椅，玛德琳坐下之前，傅雷将自己胳膊上搭着的外套垫在长椅上。二人中间隔着一个人的距离。椅子半干，傅雷的裤子和外套浸湿了。两人看向两边，或看向正前方，就是不对望，也不说什么。远处的天空一眼望不到头，因为被雨水洗过，天格外蓝，云格外白，天际镶了数种颜色的边。

有蝴蝶飞过，将二人的视线接在了一起。玛德琳起身向小径远端奔去，边回头挑衅地向傅雷下战书："雷，我敢打赌你追不上我！"

这个简单的孩子气的举动激起了傅雷的斗志。他心里明白这挑衅有情爱的成分，但这正是长久以来他想要的。他一直没明白他为什么那么耽于和玛德琳腻在一起，现在他知道了，这种耽溺有一个名字，叫爱情。这种陌生的火烧得他有使不完的力气。他乐于飞蛾扑火。

玛德琳故意往树枝低矮的林木下钻，滞留在树间的雨滴像惊飞的鸟儿，扑簌簌地落在他俩的头上、肩膀上、被陌生的火灼烧的心上。

好几次，傅雷的手就要够着玛德琳，玛德琳像一尾美丽又光滑的鱼从傅雷指尖溜走。

不知从什么时候起，傅雷和玛德琳的手牵在了一起。是谁主动迈出那致命的第一步？一定不是傅雷。在爱情面前，他顶多是顺而从之，他过于自尊的性格不允许他主动冒进，哪怕他在心里对一段关系已经确定无疑。玛德琳的手像一只滑溜的小鱼"无意"碰到傅雷的手，后者只不过像一张柔情的网"顺便"网住了前者。

"雷，我爱你，找爱你——"

不知原来藏身何处的一群鸽子应着玛德琳的声音惊起，画出一道缠绵的弧线。

傅雷和玛德琳站在卢浮宫塞尚的一幅画前。"塞尚用色块解构了美，美术史上有许多'革命者'，塞尚算是一个。他提醒人们唤醒自己的主观官能，从自己情感、情绪、感受的角度去画画、看画……塞尚至少影响了野兽派和立体派。因为他的画对后世的启发性、预见性，世人视他为'先知'，他确实不愧为'现代艺术之父'……"

"我对塞尚也了解一点，毕加索也把塞尚称为'我们的父亲'。他是法国人的骄傲，当然法国人的骄傲很多，你们中国也一样，我敢说你将来会是你们中国的骄傲。他和他的模特儿妻子的感情、和作家左拉的友谊、和父亲的关系也被人津津乐道……他父亲去世之后留给他两亿法郎遗产，让他一下子变成富豪，成为欧洲最富有的画家……"玛德琳也侃侃而谈。

玛德琳看傅雷的眼光热烈大胆，傅雷看画也看玛德琳，目光里是东方式的含蓄，尽管他能感觉到自己眼睛里都是抑制不住的笑。

二人站在卢浮宫"镇宫之宝"《蒙娜丽莎》前。玛德琳的话简直不像一个时髦女郎的脑袋瓜子会装得下的见识："关于这幅画的故事太多了，人们过一段时间就有一个重大'发现'。雷，在你看来，这里面是真有其事还是牵强附会、哗众取宠呢？我知道的就有为什么蒙娜丽莎没有眉毛、蒙娜丽莎其实是男人、蒙娜丽莎是达·芬奇的自画像、蒙娜丽莎是猫……被人百般猜测的蒙娜丽莎，到底是什么呢？"

"我特别同意你的看法，中国有一句老话叫'借别人的酒杯浇自己的块垒'，说的就是这些人，他们不过是拿《蒙娜丽莎》说事罢了。我们不妨跳出来，'以乐读画'，拿音乐来打比方：有些音很奇特，和音给我们平静安宁的感觉，但有的音却恍惚不定——蒙娜丽莎的微笑就是恍惚不定的音，她的微笑摄魂夺魄，像谜一样、缥缈、恍惚、捉摸不定。"

"有人分析蒙娜丽莎的笑，说高兴占83%，厌恶占9%，恐惧占6%，愤怒占2%。还有人认为埃及传说中主管男性生殖器的神叫阿蒙（Amon），主管女性生殖器的神叫丽莎（Lisa），因此蒙娜丽莎（Mona Lisa）也就是Amon Lisa，暗示蒙娜丽莎亦男亦女、非男非女。"

"这也不失为一种理解，因为蒙娜丽莎的微笑意义太多元了。达·芬奇是发现皮肤颤动的第一人——你排除杂念感受一下，蒙娜丽莎的皮肤是不是在颤动？像有一阵清凉的微风轻拂过湖面……"傅雷在玛德琳耳边低语，玛德琳调动感官，确实感觉到有风拂面。

"雷，你真坏，明明是你在我耳边吹风！"玛德琳的耳垂几乎触到了傅雷的嘴巴。她转动了一下脑袋，眼睛抵到了傅雷的鼻子下面。傅雷不为所动，继续神游在他美学批评的激情之中无法自拔。

"你注意看，看到达·芬奇没有给蒙娜丽莎画上瞳孔了吗？"

"呀，他是不是得意忘形忘画了？"

"你个小调皮！他是故意不画，不画瞳孔，更增加了蒙娜丽莎的神秘感——她没有眼神的眼睛可以让人浮想联翩。八卦总是让人记忆深刻，我也和你分享一个故事：蒙娜丽莎是佛罗伦萨一个姓德焦孔多的人的爱人——德焦孔多在意大利语里是快乐的意思——达·芬奇为了画好她，请了作曲家、乐师、喜剧演员环绕在丽莎身边，整整三年，让她沉浸在艺术气息里面，直到他想要的蒙娜丽莎式的'神秘的微笑'浮现在丽莎脸上……"

玛德琳的快乐和庆幸都不像是伪装："真高兴上帝只给了你鉴赏的天才——上帝不忍心给你太多天才，怕给了你音乐和绘画的天才，你得给别的女人唱小夜曲，画别的女人的微笑！"

"我即使要唱也是唱你，要画也是……"玛德琳被爱情催开的玫瑰花瓣似的唇轻轻覆上了傅雷不知适可而止的嘴。一触即收。氤氲在二人之间的只有渐渐转浓的爱意，没有情欲。

巴黎沙篷街18号罗林旅馆刘海粟寓所内，傅雷独自"迎战"其他人的艺术观。

艺术家甲大发宏论："说到艺术之最，还得数文艺复兴三大家：达·芬奇的精确，米开朗琪罗的线条，拉斐尔的神性……"

傅雷辩称："你只看到一面，你说达·芬奇精确，米开朗琪罗和拉斐尔何尝不精确？你说米开朗琪罗的线条好，殊不知线条是古典绘画的基本功。说到神性，又岂止拉斐尔一家！《蒙娜丽莎》的神性一定输给《西斯廷圣母》吗？"

"老傅你这是抬杠！"艺术家甲脸上挂不住了。

艺术家乙赶紧打圆场："我觉得现代派的成就远超文艺复兴，塞尚、高更、凡·高、毕加索，哪个不是登峰造极？"

"具体说登峰造极在哪儿呢？"傅雷的共情能力此时早扔进了塞纳河，满脑子想着的只是为艺术而辩。

艺术家乙迟疑了一下，底气不足地捡起话头："在我看来他们都是第一名，难分轩轾……"

"你这个观点有点各打三扁担！"

玛德琳因为近来和傅雷观摩塞尚的画，知道他尤为推崇塞尚，赶紧加入嘴仗："塞尚多少有些不一样，大家都是现代派大花园里的园丁，塞尚这个园丁对他锄头下的苗圃似乎颇为怀疑……"

"塞尚就是那个倚仗沉思的园丁，尽管和马奈、莫奈他们一样睁着天真的慧眼，但他发现新印象派的美显得浮浅，所以和他们分道扬镳，走上主观地忠实于自然的路子……"傅雷看了一眼玛德琳，对她的声援颇为感激。

艺术家丙打抱不平，另起山头："老傅你是理论派，老刘、刘抗他们是实干派，讲道理大家讲不过你。我是欣赏不来现代派。要我说，中国画与西洋画比，毫不逊色！私以为张择端、黄公望、韩滉为最……"

"画家说不过美术批评家？你这个理由太牵强！不过你这个判断大体不差，中国画、西洋画各擅胜场，西洋画赢在拟形，中国画赢在表意。要说中国画强还是西洋画强，还真不好说，只是……"傅雷还想说。玛德琳怕傅雷再高谈阔论下去树敌过多，赶紧插话打圆场，用的是法语："中国画我了解不深，但我想应该也有过艺术高峰。西洋画，古典有古典的视觉和意境美，现代有现代的主观视角主导和强烈的官能刺激……"

"老傅你别太较真。我倒是同意玛德琳的看法。中国画和西洋画，古典主义和现代派，艺术的门类不同，终归是殊途同归。"刘海粟乐得做个和事佬。

傅雷毫不领情。本来会把自己和别人的话拣大意翻译给玛德琳听，说到动情处不翻了，跳了起来自顾自地说自己的，手舞足蹈，脸涨得通红："老刘你这是和稀泥！不较真我们在这里干什么？真相只有一个，容不得打马虎眼！玛德琳不专业，她没态度也就算了，你是画家出身，怎么也这么没原则？”

玛德琳尽管没听懂傅雷在激动什么，但感受到了傅雷批评的刀锋波及了自己。她手足无措，深感委屈，自己原是好意，谁知傅雷毫不领情，玛德琳眼泪快流出来了。

众人见这阵势，都想息事宁人，各自剖白，拣好听的说。

“算了！你们也别说违心的话，各人有各人的艺术立场，很正常，不鸣而已，一鸣到底……不辩了！大家各留观点，还是好朋友。”找到了台阶，傅雷算是不出意外地又“赢”了一场，这才转过头安慰眼泪在眼眶里画圈的玛德琳，“亲爱的，我没有批评你的意思，只是提醒你要坚持真理……好了，算是我的错，友情重要，爱情更重要，我不该以真理卫士自居……”

傅雷双手捧住玛德琳的脸，嘴巴抵在玛德琳的额头上。众人见状起哄着散了。

11

在情侣遍布的巴黎大学校园，傅雷和玛德琳这一对还是引人注目的。傅雷有着东方式的气度和西方式的自信，玛德琳又是百里挑一的大美人。树木斑驳的光影投射在草坪上，二人边走边说着软软的情话。距离他俩不远处有女高男矮的一对情侣。

“玛德琳，你知道我最迷你哪一点吗？”

傅雷难得主动说起情话，一下子把玛德琳直送入云端：“我想我应该知道答案，但我想听你亲口告诉我。你最迷我哪一点？"

"你不知道你有多美！晴空万里的天气，你的眼睛就是害得人要掉进去的天蓝色；雨后初霁，你的眼睛就是天蓝色里掺了一点浅灰，成了宝蓝色；现在有这绿树掩映，你的眼睛就成了水头刚刚好的翡翠。"

玛德琳内心的快乐漾到眼睛里，看得傅雷醉了。玛德琳回报以深情："雷，如果我是美的，你就是发现美的眼睛。你说的其实是光的魔法，就像印象派的画一样……"

"你说得太对了！你就是塞尚的画！你是光与影的奇妙组合！"

玛德琳拉过傅雷的手，在自己的长发上摩挲："你有没有发现，光线不同，我的头发也会变色。"

"当然，我早发现了，我一直在享受光打在你身上——头发、耳垂、脖子、臂弯、腰胯——的奇妙反应……你还没告诉我，你真猜到了我最迷你的眼睛？"

"我以为你会说最迷我的嘴巴、形体、智慧或者性格。"玛德琳不禁莞尔。

"你的嘴巴甜蜜，形体是造物主的杰作，智慧不消说，好极了，性格也迷人极了。"

"你的嘴巴真甜！你知道吗，雷，我要明确你对我的感情，也要明确自己对你的情感，因为怕极了你不知道什么时候会突然爆发的天雷地火，我和你经历了一段试探的瓶颈期。那段日子真磨人！好在终于过去了，我明确了自己的心，也明白了你的心……"

"我的经历造就了如今的我，放心——唉，我这暴脾气！我以后不会让我的脾气伤到你了。因为我太爱你了，你也太爱我了——你的眼睛不会骗人，它们真诚、狂热，燃烧着爱情的火焰。"

一对法国情侣，男的和傅雷年纪相仿，比傅雷健硕，身形不如傅雷挺拔，戴着宽边眼镜，右眼处有一道伤疤；女的身形消瘦，比男的高出半头，算不上美人，但有一种独特的大气与拘谨并存的气质。他们是日后名震世界的萨特和波伏娃。

"这次全国大中学教师资格考试你第一，我第二，我将终身奉你为师。"

"只是因为这个微不足道的考试你才诚服于我？另外，现在说终身会不会太早？"

"我对你的诸般诚服你比谁都心知肚明。你敢说在你心里没有认定会和我相爱一生？你能欺骗自己的感觉吗？"

"你说得对，我骗不了自己。你那么美，从见你的第一天起我就对你心驰神往……"

二人与傅雷、玛德琳擦肩而过。波伏娃微笑地看着傅雷、玛德琳走远，半是评价，半是试探："想不到东方人的情话比你说得还要西方。"

萨特听到波伏娃的话也不禁多看了傅雷他们一眼："他们是狂蜂酿蜜的人间爱，我对你是化蛹成蝶的灵魂爱。"

"老刘，麻烦你帮我把这封信寄给我母亲。"夜半，傅雷火急火燎地闯到刘海粟府上。

"是什么信自己不能寄需要我代寄——等等，你别揭秘，让我猜一猜，是向令堂大人报告玛德琳小姐二三事？"

刘海粟是见惯世面的人，傅雷的反常之举怎能逃过他的眼睛？傅雷讶异不已："果然什么都瞒不过你老刘。不过你只猜对了一半。"

"不是二三事，是四五六件事？"刘海粟打趣道。

"其实就是告诉我母亲，梅表妹不用等我了，我打算和玛德琳计划未来。"傅雷像溺水的人憋了一口气，用这一口气把想说的话说完了。

"你的决心很大啊，让你表妹不等你，那就是休了她。父母之命，媒妁之言——你留洋了，翅膀硬了，退了令堂大人定的亲，虽说有点不近人情，却也未尝不可。你打算和玛德琳计划未来——等等，你是想和玛德琳谈婚论嫁？"

"老刘，你听我分析：我和梅表妹虽说有青梅竹马的名分，其实没有建立什么男女方面的情感基础；她虽说上过洋学，和我能说的话毕竟比不上玛德琳这么多。我想好了，要说服我母亲接纳一个洋媳妇，时间久了她会觉出玛德琳的好。玛德琳善良、美好、懂艺术，我将来从事的事业，她都说得上话帮得上忙。听说混血儿长得漂亮，智商还高……"

"既然你都想好了，我也没什么可劝的了。"傅雷走后，刘海粟将傅雷交寄的信件塞进一个匣子里。

出了刘海粟家，傅雷飞奔到玛德琳寓所，透光的窗帘映出一对男女相拥的剪影。剪影中的女人傅雷再熟悉不过，正是和自己热恋的玛德琳。

傅雷冲上楼，门虚掩着，玛德琳和沃特纳赶紧分开。

"雷，亲爱的，你来了？啊——"玛德琳的话刚出口，傅雷随手操起手边的一把椅子砸向沃特纳。

沃特纳闪避开，操着蹩脚的中国话试图缓和气氛："君子动口不动手！"

"沃特纳，你先走！雷，亲爱的，你这是怎么了？"沃特纳被玛德琳支走。

"这话该我问你！你怎么了？我是中国人，我们中国人不这样！"

"亲爱的，你怎么了？你不要那么狭隘，朋友之间抱一下你也要大惊小怪吗？"

"你和沃特纳拥抱的时间、距离、强度都超过你们法国人的贴面吻一万个百分点！"

"你这个傻孩子，对他我只是同情，朋友间的同情，对你才是爱情！"

"你的爱情也太廉价了！你和他抱得那么亲热！"

"我把他当姐妹，和你才是情侣！"

傅雷还想说什么，被玛德琳的吻堵住了嘴。傅雷从玛德琳的温柔陷阱中脱身，赶紧喊了一句冤："你不能这么欺负我！"

"好，不欺负！"

起初傅雷还想抗拒，但在玛德琳充满母性和神性的柔情目光、抚摸和亲吻下，傅雷的心一点点软化，僵硬的躯体也一点点灌注进柔情蜜意。

等到玛德琳的温柔彻底化解了傅雷的委屈，两人平静了下来，傅雷才想起来意："亲爱的，我给家母写了信，要求和表妹解除婚约。"

"太好了！你自由了！这么大的好事我们必须干一杯！"玛德琳扑上前，搂住傅雷的脖子，温柔地印上一个表达爱意的吻。香槟是必不可少的。

借着酒兴，傅雷有作画、抚琴的冲动。他冲到画板前，想像文艺复兴或印象派大师一样陡生神来之笔，画下自己心中带刺的美神玛德琳，结果刷刷几笔画出一个不成人形的物体。他气得掼下画笔。

他又冲到钢琴前，有模有样地舒展双手按到琴键上，发出的却是刺耳的咆哮。他想不明白为什么同样是琴键，从玛德琳的指尖流出的就是仙乐，从他指尖奔跑出来的却是洪荒猛兽。他狂怒地砸着琴键，一群洪荒巨兽被放了出来。

在傅雷撒野发狂的过程中，玛德琳端着香槟，倚着墙壁，像母亲欣赏儿子淘气一样，爱怜又宽容地目睹傅雷的情绪起伏和一举一动。

翌日一早，傅雷就站到了刘海粟寓所门口。

刘海粟透过玻璃看到活像只斗败公鸡的傅雷，赶忙打开门："是老傅啊，快进来，新得手的牙买加蓝山咖啡味苦，你这个泡在爱情蜜罐里的家伙也来尝尝吧！"

"我不进门了。我就问问那封信寄出去没有？"傅雷的声音也是耷拉着的。

"哪封信？"刘海粟故意装傻。

"休书。"

刘海粟装作恍然大悟："休书啊，哦，寄了寄了！"

傅雷"哦"了一声就走了。

"老傅这葫芦里卖的什么药啊?"张韵士一头雾水。

"谁知道呢!爱情是病,得治,可这药在玛德琳小姐那儿!"刘海粟摇了摇头,转向画案,继续一天的晨课。

玛德琳把傅雷的头抱在怀里,手指滑过傅雷的眉骨、鼻梁、嘴唇。

"我们中国古代关于爱情最浓的表达是'上邪!我欲与君相知,长命无绝衰。山无陵,江水为竭,冬雷震震,夏雨雪,天地合,乃敢与君绝!'意思是……"

陷入热恋的傅雷老房着火,玛德琳伸出一根手指压在傅雷唇上:"我懂,我都懂,你的眼神告诉了我这些话是什么意思。"

"玛德琳,嫁给我吧!"傅雷从玛德琳的怀抱中昂起头,灼热的目光刺透镜片,烧得玛德琳脸颊绯红。

"这样吧,明天我们就搬到一起住,做你们中国人说的那种相敬如宾、举案齐眉的'夫妻'。我是你的,又不是你的;你是我的,又不是我的。你能明白我的意思吗?"

玛德琳满心真诚,却被傅雷误会了:"我认为你在玩文字游戏!亲爱的,我想娶你,我想你嫁给我,我想要一纸婚书的牵绊,我也可以在你们的上帝面前宣誓与你相爱,至死方休。在那之前的狎昵就是对爱情的亵渎!"

"雷,我一直以为你和别人不一样,我们为什么要走别人走过的老路呢?你这颗智慧的脑袋不能装着这些老古董!你听说过萨特和波伏娃吗?

他俩发誓相爱一生，但永远不结婚。我认为这种不受约束的关系才是我们该有的爱情。"

"没遇到你之前，我以为爱情不能受约束；爱上你之后，我才知道我多么想受约束！我郑重地向你求婚，请你答应嫁给我！"

傅雷有多急切，玛德琳就有多凝重："我已经回答过你——我不能答应你……"

像是一阵风把玛德琳卷进了刘海粟家。玛德琳的脸有失血的症状，上气不接下气，惊魂未定："刘先生……快去……我刚把傅雷……稳住……他要自杀……给我看……"

刘海粟听罢往内室走去。张韵士忙催促："老刘，赶紧走吧！老傅那人命关天！解铃还须系铃人，玛德琳小姐，你也一起去吧！"

刘海粟的声音从内室飘出："还嫌不够乱吗？她不跟着去，老傅就还有救；她去了老傅就没活头了。"

刘海粟亲自开车，解释给张韵士听："你也不想想，老傅都放出话要死了，玛德琳真去了，老傅面皮那么薄的人，他能抹开面子不死吗？"

"也真是，我没想到这一层。"张韵士不得不佩服刘海粟察人论事的眼力。

刘海粟夫妇匆匆赶到傅雷寓所，和傅雷同屋的张弦得信也赶了回来。浓郁的洋酒味扑鼻而来，傅雷一手拎着一个酒瓶，酒瓶里的酒所剩无几，他也不喝，好像酒瓶只是道具；一手挥着一把手枪，不见醉态，有的只是被爱情冲昏了头脑的年轻人惯有的自我自大与自卑自贱同时并存，所谓万念俱灰、生无可恋的颓唐。见有人进来，他的枪口对着自己不是，对着众人也不是，就如随风摆柳一样在空中挥舞。

刘海粟双手按住傅雷："老傅，你别乱来！有什么想不开的，我来帮你想！"

也许傅雷没真想自杀，也许傅雷也想趁机找个台阶下，刘海粟和张弦两个来回就从傅雷的手里夺下了枪。刘海粟漫不经心地拉开枪栓，"叮"，枪膛里跳出一颗子弹。众人受惊不小，谁也没想到，傅雷动真格地上了膛。

"老刘，长恨此身非我有，非我有——呜——啊！"

"谁都难保有鬼迷心窍看走眼的时候。走出来不迷了就好了。"

"说得轻松做起来难啊！我走不出来啊！心里难受啊！"

"你要是不难受就是登徒浪子了。难受说明你至情至性，是好事。"

"我最难受的是我居然蠢到写信给我母亲要退掉和梅表妹的婚约，我没脸再见梅表妹，没脸再见母亲了！上封信寄出之后，我再也没有收到家信，说不定出了什么事，说不定梅表妹知道消息后想不开寻了短见。母亲不会原谅我，我也无法原谅我自己——呜——啊！"

刘海粟从西装内兜取出那封信："老傅，你得原谅我，我擅自做主，你的那封退婚函我并没有寄出。你和你梅表妹的婚约还作数！"

傅雷脸上还挂着啼痕，"呜哇"一声抱起刘海粟转了一圈。末了，在刘海粟脑门上小鸡啄米似的"啵"了一口："亦父亦兄，有如再造啊，老刘！"

12

傅雷日本造的眼镜换成上海产的，镜框大了许多，讲话的过程中眼镜常常从鼻梁上往下滑，傅雷就用沾了少许粉笔灰的左手二指轻轻扶扶镜腿。1932 年 1 月 27 日，上海美专的教室里，时有口号声、枪声远远传来，傅雷不为所动，照授他的课。

"雷诺兹擅长历史题材的宗教画，庚斯博罗擅长风景画，迫于生计，他俩又先后投身肖像画领域，各擅胜场。这两人互相较劲——让人想起米开朗琪罗和拉斐尔——他们俩参与创建了皇家美术学院，雷诺兹是首任院长；他俩还常常给同一个模特画肖像。时间是最公正的裁判：他们身前，雷诺兹占上风；他们死后，后世将二人的地位调了个个儿，这是后话。他俩较了一辈子劲，当然在暮年选择了和解：庚斯博罗预感到自己大限将至，写信与雷诺兹诀别，和雷诺兹相约在天堂相会……"

学生会主席成家和、赵丹、杨志荣等人撞开教室的门，正给学生上课的傅雷吃了一惊，板书至"时间、和解"，粉笔折断了。

成家和调门高，很不耐烦："傅先生没接到停课通知吗？耽误了同学们集合是大事！"

"学生的本业是学习，耽误了学习更是大事。"傅雷正色道。

赵丹就没那么客气了："国难当头，你这个老师怎么这么冥顽不化！"

"还有二十分钟下课，晚集合二十分钟耽误不了你们救国。"

成家和、赵丹、杨志荣等欺身理论，混乱中傅雷挨了杨志荣几拳。

13

一阵风穿过院子里的繁花吹进窗户，经过厨房里擦得光洁如新的炊具、黄蓝相间的煤球炉火苗、煤球炉上"咕嘟嘟"作响的砂锅、砧板上摊着的就待落锅煎熟的生煎包子；穿过过道，环绕堂屋里的钢琴、桌椅、墙面，李欲振坐在太师椅上缝缝补补，耳朵里却是书房里传来的"咔嚓"声。她叹一口气，感觉对于儿子和儿子的家，自己是个多余的人；那阵风穿进书房，落在傅雷和朱梅馥身上，朱梅馥在给傅雷剪发——这个差事原本是李欲振的专属。傅雷考虑到母亲年事渐高，就缴了母亲的械，由朱梅馥代劳。

1934 年春，上海吕班路巴黎新村 4 号傅雷家，傅雷出现了幻听："梅馥，我似乎听见母亲在堂屋叹气。"

"老傅，你思母心切可以理解，但也不要太执着了——母亲已经去世半年了。可惜母亲都没在这所房子里住过，咱们卖地买了这个家，也不知道她老人家会不会怪罪……"

朱梅馥话音渐弱，那阵风摇向堂屋。堂屋里没有人，太师椅上放着做了一半的毛线活。

入夜，朱梅馥在傅雷身上披了一件衣服，蹑手蹑脚地退出书房。傅雷手执蘸水笔，在专用信纸上"沙沙"划拉法语："大师，余偶读尊作《贝多芬传》，读罢不禁号啕大哭，如受神光烛照，顿获新生之力，自此奇迹般突然振作……贝多芬以其庄严之面目，不可撼摇之意志，无穷无竭之勇气，出现于世人面前，实予我辈以莫大启发……'物质主义压抑着思想，世界在斤斤计较和卖身投靠的利己主义中毁灭。世界已奄奄一息。要打开窗子。要让新鲜的空气进来……'中庸、苟且、小智小慧，是中国人的致命伤。"

1888 年，一文不名的文学青年罗曼·罗兰给文坛巨擘托尔斯泰写信；差不多时隔半个世纪，来自中国的文艺青年傅雷给已成为文学巨子的罗曼·罗兰写信。冥冥之中，薪火相传。

1933 年 9 月，刘海粟家，仆人开门，来人是傅雷。他身上的衣服像挂在衣架上似的，逆光中的傅雷显得清瘦、高大。

刘海粟热情招呼："老傅，快请进！稀客稀客！我的家你还是应该常来——想想咱们在巴黎那阵子，多亲热！"

张韵士也帮腔："老傅快请坐，尝尝刚出的金骏眉，我们也才得到半斤，稀罕得很。"

"夫人有心了，我不喝了。我来找刘校长谈工作上的事，站着说两句话就走。"傅雷的客气是认真的。

"你和我是兄弟，这么叫生分了吧！大师啊校长啊那是给外人叫的，你还是老规矩，叫我老刘或海粟！谈什么工作，来来来，先喝茶！"刘海粟边说边把傅雷往主宾沙发上按。

傅雷截住刘海粟的话头："我是来辞行的，也是来辞职的。"刘海粟听得愣住了。

"你想做云游僧，别说几日，就是几月我都答应。玩够了，想收心回来教课，接着教就是，辞哪门子职！"

"我不是去玩，我要送我母亲回周浦。"

"怎么，老太太思乡心切，在上海待不惯，想回乡住一段？"

"我母亲去世了。"傅雷的声音降了一个八度。

"老太太身子骨不是硬朗得很吗？"张韵士手中的茶壶顿在了茶案上。

刘海粟拍拍傅雷肩膀："唉，世事无常！奈何人死不能复生，兄弟节哀顺变！送走老夫人还是回来安心做你的教授吧。"

"我想好了，辞了职就再也不做教授了。我这个性子，还是老实做我的译书匠好了。"

"要我说，你还是别辞职了，咱们同校相互有个照应，不耽误你译书！"

张韵士帮着刘海粟劝说："老傅，听老刘的，别辞了！"

"谢校长和夫人美意，我主意已定，不会改了。我向二位保证，我傅雷以后若在别处教一节课，算我对不起校长！"傅雷这话几近于赌咒。

一束阳光投进室内。李欲振安静地躺在床上。朱梅馥给李欲振换洗完毕。朱梅馥怕傅雷心里有事不表现出来，小心翼翼地疏导："老傅，心里有委屈就哭出来，不要憋在心里，别憋出毛病了。"

傅雷摆摆手："我没有眼泪。帮我把剃头挑子拿来，再打盆热水。我小时候头发都是母亲给我理，我也该给母亲理一回头。"

傅雷手上不停，嘴里轻轻慢慢地絮叨着。他轻柔地帮李欲振梳理头发，再用剪子剪去寸余长的发尾。傅雷拿出常用的手帕，将李欲振的一绺花发小心地包好，放进贴身的衣兜里。

"奇怪，把我脑袋占得满满当当的不是母亲的好、母亲的慈爱，而是她的坏，她怎么折磨我，怎么责罚我，只是这折磨、这责罚，回忆起来没有苦楚，只有钻心窝子地想念。梅，我疼，这里疼！"

傅雷的右手二指一下一下戳着太阳穴，左手成拳，捶打着心口。朱梅馥怜爱地把傅雷的头拥进怀里。傅雷再也忍不住，大放悲声："妈！"

14

"妈呀！"未见其人先闻其声。八岁傅雷的一声惨叫撕开了夜色。月色从黑洞洞的兽口似的户外穿入室内。首先照亮的是李欲振笑吟吟的脸。李欲振右手执一支点燃的白烛。白烛倾斜，烛泪穿过李欲振左手持着的一枚铜钱中间的方孔，滴在傅雷掀开前襟袒露的肚皮上。傅雷脸上露出惊恐的神色却不敢动弹，因为他发现了母亲眼里熟悉的杀气。这是上海南汇县周浦镇老城厢傅雷家。

待到傅雷的肚皮被灼伤了几块，李欲振才作罢。她"嗖"地凑到傅雷脸前一拳之处，死死盯住傅雷惊恐的眼睛。李欲振的神色由殷殷泣诉的慈母，转脸恢复成恨不能置儿子于死地的悍妇："大官，你以为我愿意吗？妈的心也是肉做的！你不要我好活，我也要你不得好死！"

傅雷眼睛瞪到极限，再瞪眼球都要爆出来了。他的眼前浮现出一年前的一幕……

"咚！"午睡中的傅雷手脚被李欲振用包袱布捆得结结实实，这个人肉粽子被李欲振推到床下。

傅雷惊魂未定，结果发现自己在移动——原来李欲振在把他往外拖。他突然意识到母亲时不时挂在嘴边的"不成器就把你沉塘"不是一句玩笑话，她是要把自己拖去水塘喂鱼。

他注意到李欲振的脸色，这脸色让傅雷想到了一个词——哀莫大于心死。在李欲振心里，傅雷是她活着的盼头，是她为夫"复仇"的路径和工具，是介于丈夫与儿子之间的人。她的期望对于他是一种无形兼有形的压力，期望越大，压力越大。这也是一种爱，一种像黑云压城一样将傅雷的身心罩得严严实实的爱。这种断崖式的陌生感吓着了傅雷。

求生的本能使傅雷顾不得想后果，大声呼救，引来邻居，捡回了一条命。

在那一刻，傅雷看见了死神的模样——不是别人，可能就是你最信赖的人。这件事使他懂得怕死了。因为怕死，所以不敢触母亲之怒，只好什么事都顺着母亲的意思，老贡生的课、英语老师和算术老师的课也都发了疯地学。

1954 年，上海江苏路 284 弄安定坊 5 号傅雷家，四十六岁的傅雷在给傅聪写信："江声浩荡，天已黎明……哲学的理想，佛教的理想，都是要能控制感情，而不是被感情控制。假如你能掀动听众的感情，使他们如醉如狂、哭笑无常，而你自己屹如泰山，像调度千军万马的大将军一样不动声色，那才是你最大的成功，才是到了艺术与人生的最高境界。你该记得贝多芬的故事，有一回他弹完了琴，看见听的人都流着泪，他哈哈大笑道："嘿！你们都是傻子。'艺术是火，艺术家是不哭的。"

1920 年，南汇县周浦镇老城厢傅雷家，李欲振给傅雷理发。

"镇上的小学老师说了，你文史根基牢，各门功课都好，镇上容不下你了。妈这就把你送去上海念书。你也大了，十二岁了，不在妈身边，妈想打你也打不着了。"李欲振说着开始抹眼泪。

傅雷想到了一个孩子气的安慰法："妈，要不……你再打我一顿吧！"

李欲振破涕为笑："你这孩子，这世上只听说过没事邀功的，没听说过没事讨打的！"

1921 年，上海工业专门学校附小，傅雷独自从教学楼蹦蹦跳跳地走向校门。几个同班同学站在窗前指指点点。

"真有他傅雷的，被开除了像没事人似的，好好走路不会，偏要跳着走，大马猴似的！"

"我看傅雷够有性格，将来不会是个平凡人！"

"可不嘛，你没见人家被开除的理由多有性格——'顽劣之尤'！绝对不平凡！"

1923 年，上海徐汇公学初中部傅雷宿舍。钟敲九下。下晚自修。监学睡靠门的床。傅雷上床后，挂好蚊帐，用一根木棍压在蚊帐外面。其他人也都这样做。

天亮了，傅雷第一个起床，把木棍放到地上。其他同学也陆续放下棍子。监学注意到有一张床的棍子没放下："胡毓寅！你家有钱花不完是不是？你爸爸费心花钱到学校来给你买觉睡！"

钟敲七下。傅雷他们排队取好饭食，在座位前站好。监学坐在高台上，摇铃，众人落座，悄声地用餐。监学再摇铃，大家齐刷刷停止进食，排队放好餐具，去操场上操。

数学课考试。傅雷答到一半，想到还有话剧要排，但做题卡壳了，又急又气，手中的钢笔用力地往桌面上一戳，钢笔尖张开，成两瓣的钢花。傅雷交上答了一半的考卷，扬长而去，直奔礼堂。

法语课，傅雷被老师迷人的发音迷住了，对法兰西文化产生了浓厚的兴趣。

胡毓寅举手："老师，'我爱你'用法语怎么说？"

法语老师用法语说："我爱你。"

胡毓寅继续问："'忘了告诉你，我真的很爱你'怎么说？"

法语老师耐心地用法语说："忘了告诉你，我真的很爱你。"

胡毓寅油滑地应道："这也是我想对你说的话。"

法语老师再次用法语说："这也是我想对你说的话。"

同学们有的起哄，有的忍俊不禁。傅雷佩服法语老师的机智。下课了，傅雷和法语老师探讨法语文学语言与口语的区别。法语老师称赞他在话剧演出中的表现："你们搞的新编历史剧《言出如山》我看了，挺有看头。你演的那个小头目叫什么来着？太有意思了！"

傅雷正想回答，听到胡毓寅提到了自己的名字："老师，傅雷的傅用法语说是 Fou 吗？"

法语老师用法语答："没错。"

胡毓寅奸计得逞，不由猖狂："哈哈哈，原来傅雷复姓疯子啊！大家记住了，傅雷不叫傅雷，叫疯子雷！"

傅雷冲上前去要和胡毓寅拼命。

教师休息室里，法语老师找校长交涉："就没有商量的余地了吗？傅雷这个学生很有天分，就是性格好强了点……"

"打到我这儿的报告都快把我耳朵吵出铜墙厚的茧了！教语文的神甫没收了他的《小说月报》，他不依不饶，还鼓动几个同学编手抄报……打住！我知道你会说这是傅雷在发展文艺天赋。好好好，咱们不说这事，说打架——也不说打架，说多次公开反对老师和同学读《圣经》，在教会学校说《圣经》是封建迷信，真是岂有此理！这种害群之马必须开除，没得商量！"

1925 年，傅雷和同学们一起走上街头，参加五卅运动。傅雷冲在队伍前头，振臂高呼。

1926 年，上海大同大学附属中学校董办公室，傅雷、姚之训带头围在门外。电话铃响了。

"喂，巡捕房吗？我是吴稚晖。对，大同大学附中校董吴稚晖。学校快顶不住了，学生就围在门外，校董们的生命安全受到严重威胁！你们听听这声音……"

傅雷的声音穿墙而来："反对学阀！学校必须交出学阀！我们要说法！我们要出路！"

吴稚晖继续煽风点火："可怕吧？求求你们巡捕房赶紧派人来我校逮捕学生，以儆效尤！十万火急，十万火急啊！"

吴稚晖的电话刚撂下，校董办公室外的人群一阵骚动。吴稚晖赶忙凑到窗前窥视。傅雷转过身，看到眼前人，嘴里的口号软了下来。

"跟我回去！"李欲振铁青着一张脸。

"妈，我成年了！"傅雷申辩的口气怎么也硬不起来。

"你还晓得你成年了？这么不懂事！不要命了？你要是没命了谁给我养老送终？"李欲振说罢转向学生们，声音虽轻，却似一记记重锤，径直捶在这群少年的胸口，"一日为师，终身为父，你们都是学生娃，闹什么名堂！你们谁要是没有父母，就尽管闹去！谁要是兄弟一大帮，也尽管闹去！我们老傅家就这一根独苗，就不跟你们闹了！"

15

1934 年春，吕班路巴黎新村 4 号傅雷家。一只蝴蝶扑扇着翅膀，看到太师椅上放着的一件未完成的毛线活，书房门半开，看不到傅雷，能看到站着的朱梅馥大半个身子。因为站着，能清楚地看到朱梅馥挺着大肚子。

"梅馥，我成了没妈的孩子了！我什么都没有了！"是傅雷的声音。

"你不是还有我吗？还有肚子里的孩子。我从见你第一眼就把心交给你了，你打我骂我亏欠我我都不会跑。母亲不在了，她的那一份爱我替她一起给你，你放心。"朱梅馥一手轻抚在隆起的肚子上，一手轻轻摩挲傅雷的头。

"我怎么会打骂你亏欠你！唉，最过意不去的是没让母亲抱上孙子……"那只翩翩的彩蝶飞进傅雷的书房，看见朱梅馥将傅雷的头揽过来轻轻地贴到自己肚皮上："是可惜了，不过——啊！"

朱梅馥一声轻唤，傅雷挨着朱梅馥肚皮的脑袋应声弹开："怎么了梅馥？是不是胎动太厉害？我感觉到了，他踢了我一脚。"

"我想孩子应该等不及了，就快生了……"

那只蝴蝶扑向沉沉暗夜。一声初生婴儿的啼哭划破夜空。那声音和其他初生儿的声音并无分别，像穿过了十月之久的漫长暗道终于等来黎明，这哭声不是欣喜，是叫屈，因此哭得欢脱、放肆。

16

七年后，傅雷请来给傅聪学琴启蒙的雷垠前脚刚走，四岁的傅敏托腮和七岁的傅聪并坐在琴凳上，脸上是童稚的笑。他觉得真好玩，在他眼里，会弹琴的哥哥真伟大，小小的胸腔里塞满了骄傲的情愫。

傅聪乐得在这个小崇拜者弟弟面前炫技，一双小手在黑白键上玩起了拟声，"呼呼吁吁"，是夜里的北风摇动电线的声音；"知了知了"，是蝉喊真热的声音；"嗞嗞嗞嗞"，是朱梅馥煎的生煎包快熟时发出的声音；"咕嘟咕嘟"，是砂锅盖被蒸汽托起又落下的撞击声；"咳咳咳咳"，是傅雷夜深译书受寒压抑的咳嗽声；"吱吱嘎嘎"，是门开关的声音。

　　傅雷从书房中奔出来，抬手就打："小小年纪不务正业！拟声好比口技，那是下九流！上不了台面的！"

　　傅聪半边屁股坐在琴凳上，左手支颐，右手轻抚琴键，有一搭没一搭地在琴键上滑动。一个乐句，又一个乐句，是水流，是云破月，是飘雪，是奔雷。

　　这时一串刻意踮起脚尖但还是被他听出的脚步声从阁楼上直传到离他几米远的地方，他本能地双手抱头。

　　傅雷这次却没有打他，反倒把他抱在腿上："聪儿，刚才的几个乐句乐谱上没有吧？"

　　"是我瞎弹的。我以后再也不敢了。"傅聪回答傅雷的问话，声音像被风刮过一样，发飘。

　　"你不要怕，你弹得很好。能完整地弹一遍给爸爸听吗？"

　　傅聪坐在傅雷腿上，这父爱突如其来，有点难以置信。起初，他弹的乐句还有点像犯了咳嗽，不够连贯也不够干脆，几个乐句之后适应了破天荒的父爱，开始忘我地发挥实力。

第二天，傅聪揉着眼睛下楼，发现琴盖上放着一份琴谱，那是傅雷的字迹，记下的正是傅聪昨天即兴弹出的曲子。

1945年秋，傅雷已经早早穿上了冬装，他和周煦良商议《新语》稿子，雷垣在座。

"对了老傅，我记得你说过约了老雷一篇稿子？老雷的稿子到位了，这期杂志质量就又能上一个台阶了。"周煦良不无欣喜。

傅雷用询问的眼神盯着雷垣。

雷垣清了清嗓子："我的问题，我才开了个头，总是有这事那事缠身……"

"忙忙忙，一个人不负责、想推脱可以找一百个理由！你先借口教不了聪儿钢琴，甩手不干，现在又无限期拖稿。你一个数学家，又通音乐，翻译一篇小提琴制作原理的小文还不是手到擒来？我看你就是没把我交代的事当成自己的事！我大可怀疑我这个朋友在你心里的位置到底在哪儿了！"

傅雷一竿子捅得雷垣不悦了："老雷，这都哪跟哪啊？怎么还扯出教琴的事了？难道梅·百器大师还比不上我这个半吊子？咱俩什么交情？什么时候不是你的事就是我的事？你没必要这么堵我的心吧？"

"好了老雷，你也体恤一下老傅的心情，他是一片赤诚，口无遮拦，可并没有坏心——老傅，你也少说两句。"周煦良赶忙劝和两人。

"老周，我怎么就那么看不惯你一副和事佬的嘴脸……"

次年秋日，十二岁的傅聪坐在琴凳上。他觉得自己应该哭，但哭不出来。傅聪少有地穿上了只有参加演出才会穿的礼服，打了黑色的领结。钢琴上放着一枝白玫瑰。

傅聪掀开琴盖，轻柔地抚触琴键，一串忧伤的音符从他指尖流淌出来。

梅·百器何许人也？遥想 1919 年秋天，梅·百器钢琴独奏音乐会赢得整个上海滩时髦权贵的赞誉。黄浦江上，梅·百器奋力划着一条小舢板，靠近一艘汽轮。江风将上海工部局董事的声音远远地送来："没有悬念，梅·百器大师全票当选乐队指挥！"梅·百器疲惫地仰躺在舢板上。他看着满天繁星，像是看到了妻子哀怨的眼睛："亲爱的，我不去爪哇岛了，东方巴黎就是我的家。"梅·百器走马上任之后大量聘用避难于上海的犹太音乐家，由此开启了二十三年的梅·百器时代，乐队水准公认"远东第一"。

上海梅·百器寓所，傅聪演奏时，满头银丝的梅·百器双手在空中从下往上画出半圆，用夸张的肢体语言和声音指导傅聪："情感！更多情感！放更多情感到你的音乐中去！"这是 1946 年秋，傅聪如果知道再过一年，梅·百器就会被上帝请去天堂，他宁可不吃不睡也要日夜练琴，让梅·百器被他指尖流淌的感情带出笑与泪。

冬日，不常见到雪的上海下起一阵小雪。傅雷、朱梅馥将房子典了出去。工人在将傅雷的藏书打包。十四岁的傅聪站在凌乱而显空旷的房子里，他的站位刚好就是琴凳的位置。他虚坐下去，十指在半空中翻飞，背景飘出时强时弱、连绵不绝的琴声。何奈琴声再激越，也掩盖不住背景中的人声。

"我布置的作业不愿意练，偏偏要弹他目前的程度还驾驭不了的曲子。贵公子是天才，奈何我是庸才，我教不了贵公子！"是钢琴教师杨嘉仁的声音。

"杨先生喝杯茶再走。"是朱梅馥的声音。

"嘭"的关门声把杨嘉仁一声"不必了"夹断。

"唉，也许我错了，还是让聪儿和别的孩子一样进学堂接受新式教育吧。"是傅雷的声音，像是打满了气的车胎，被一颗钉子扎了一下，立时泄了气。

17

傅雷和朱梅馥难得来一趟北京，这是1949年北京的冬日，一众友人陪傅雷夫妇游清华园。黄苗子、郁风、陈叔通、马叙伦、钱锺书、杨绛、楼适夷，个个都是日后要入史的人物。

"傅雷兄和嫂夫人舟车劳顿，带着孩子在北京多住一阵好了。"陈叔通诚意挽留。

"陈先生您真说着了，我们这一趟真算得上是颠沛流离，从上海去昆明，从昆明去香港，回来这一趟先从香港坐船，绕台湾，经韩国仁川，路上整整花了十一个整日整夜才到天津。这不，刚在天津港落脚，老傅急着来北京见你们这些朋友，就马不停蹄地赶来了。"

"又坐船又坐飞机，什么车都坐过，一开始还挺有意思，坐久了烦都烦死了。"傅敏见大人多，赶忙接过母亲的话头。要知道，这在傅家是不被允许的。杨绛摸摸傅敏的脑袋。

"这是小公子吧？听说你们家大公子是个神童，弹得一手好琴，没和你们一起去香港吗？"

"再夸他尾巴能翘上天了！就这样我都管不住了！只听说上阵父子兵，没听说父子是冤家！"马叙伦提到傅聪，傅雷气不打一处来。

"哥哥爱和爸爸顶嘴，爸爸一生气就把哥哥一个人丢在昆明了！"傅敏赶紧告状。

"哥哥总顶嘴是不对，那爸爸这样对哥哥对不对呢？"钱锺书厚厚的镜片后面泛着狡黠的光。傅敏怯生生地拿眼风瞥傅雷，不敢接话。快言快语的钱锺书直言道："老傅你看，孩子心里有话都不敢说。父子如仇雠这件事你不应该不清楚，西方有'弑父娶母情结'，中华君君臣臣父父子子，直接把父亲打到儿子的对立面去了。"

"道理我懂，我只是感情上转不过弯来。"

杨绛柔声问傅敏："喜欢北京、喜欢清华园吗？"

"喜欢！"傅敏脆生生地应道。

"喜欢就随你爸爸搬来清华园住好不好？"

"好！"

"还是小孩子天真，想到什么说什么——老傅，清华外文系有意聘你做法文教授，你意下如何？"钱锺书郑重邀请。

"在清华做教授，又是和锺书兄做同事，再美不过了。只是我不想教法文，想教美术史。"

马叙伦哈哈一乐："老傅你这只老狐狸，明知道清华没有开设美术史专业！"

"既然老傅不乐意，就不勉强了，锺书兄和清华诸同仁会理解的。"楼适夷帮着打圆场。

"上赶着不是买卖——老傅你想好了不领工资？你比我们骨头硬，听说文化人里面就你和巴金不领工资要干个体。"钱锺书不再强邀，提起工资的话头。

"祖产败光了，以后我就靠稿费生活了。自己赚的稿费用着踏实。"

楼适夷颇为不解："有一事我不明白，你们这次去香港，祖屋田地无存，上海的房子又顶掉了，怎么又想到离开香港折回上海？"

"找根子上还是传统的，总觉得根在这里，死也要死在自己的国土上。"

"你瞧瞧，好好的话不好好说。梅馥不好说你，我们做朋友的看得清，替她说，你这轴脾气得改一改，不然将来少不了要吃亏。"杨绛明白傅雷劝而不服，但还是试着劝说。

陈叔通附和："就是，文人风骨是好事，非常时期还是要收敛一些。"

"是担心我去年'反苏亲美'那事吧？"

杨绛本来迟疑要不要转告傅雷，傅雷这么单刀直入，让她始料不及，转过弯之后笑了几声："锺书还特意提醒我说话务必委婉，看来他多虑了。"

"感谢诸兄美意，你们劝我一百年，周建人他们围攻我一百年，我还是那个观点：国人非黑即白的观点要不得，不是亲美，就是亲苏，反苏的人必定亲美，亲苏的人必定反美，哪能这么武断！实情是，国人对美国多少还有免疫力，对苏联的软心肠真未必都合理。大家封我是反苏亲美的法西斯，别人乐意给我扣帽子就扣吧，我也解释得累了。不解释了，我知道自己是怎么回事就行。"

"这也是大家担心的，怕你的百炼钢不敌那些绕指柔。"杨绛道。

郁风性格爽直，批起人来毫不客气："要我说，老傅你真是老顽固！"

黄苗子在一旁又是递眼色又是打手势，替郁风捏把汗。没想到傅雷一愣之后哈哈笑了起来："你说得没错，顽固至少是 Classic 的，比随波逐流好！"

18

长长的沙线，被风舞动着。天地被无规则律动的沙线切割为上下两部分。灰云底下那座影影绰绰的洛阳城只能凭想象"看见"。一个黑点似乎不被沙线左右，钉子一样钉在蔽天沙尘中。一个黑点又分割成两个黑点，一个黑点还在原地，另一个黑点往右方移动，直到看不见。

凑近看，沙线舞动的边缘现出一座座石窟、一尊尊佛像。起于北魏，历十几朝，岁月的鬼斧神工加在佛像身上，造成各自不同的残缺美：缺五官、四肢的某个部分，或压根就缺半个头、整个头、半边身体。

黑点是棉袄打扮、戴眼镜的一个人，黄沙胜雪，厚厚薄薄地在他身形之外塑了一尊沙像。那人手持笔和本，本子上记录下石窟和佛像的一些测绘数据。细看那人，是傅雷。

这是伊水河左岸，1936年冬的龙门石窟，浅近于无水的河床瘦骨嶙峋。同样清瘦的傅雷在这景致中有着协调的美："一千三百余石窟，七百五十余石龛，九万余尊造像……"

一阵笑声"咯咯"地撞了进来，撕破了此情此景的古意和傅雷的幽思："你在作诗吗？这种诗俺也会作———门百龛千石窟，一万个菩萨坐当中，一个先生学问大，闲得无事就作诗。我家十几年前才从汴梁搬来这里，诗人先生，你是北京人吗？你整天在这里围着菩萨转是要干吗呢？"

"我是上海人，我不是诗人，我是搞翻译的，我在做文物保护工作。"

"你和白天拿着个铁匣子的人是在保护菩萨吗？菩萨要是需要你们保护，还叫菩萨吗？"

"你口齿挺好，你的话我没法反驳。"

"反驳俺不算啥本事，俺姐的口齿才真叫好，你能耐反驳她去！"

傅雷不知如何应答，抬首看远方，漫天黄沙掩映着一座城市。傅雷手指城郭："那片房子是洛阳城吗？"

"可不是！俺也想哪天去趟洛阳城！俺姐长得俊，嘴又能说，就是搁在洛阳城也是头牌！你上俺家看看？这也是俺爹的意思。"

"我上你家太唐突，找不到合适的由头啊。"

"你们读书多的人心眼子就是多，上俺家串个门还要找理由？有你喜欢的东西给你看算不算理由？"

"什么好物件这么确定我会喜欢？"

"去了就知道了！"

黄父掀开门帘，迎进傅雷，又用衣袖反复拂炕席，把傅雷请到炕上。炕烧得正热，傅雷爬满黄沙的眼镜片蒙上了一层水雾。他从兜里掏出一块叠好的眼镜布擦眼镜。

"快去把你姐的相片和画片拿来给大先生瞧瞧。"

小辫子藏在背后的手伸出来，将一进门就取来攥在手里当宝贝的画册和照片递到傅雷手上。

照片中的女人不像出自这个家庭，小巧而高挺的鼻子，饱满欲滴的朱唇噙住细密齐整的贝齿，好看的脸形，天生就有一种吸引人靠近的力量。爱美之心傅雷也有，照片中人天生会笑的眼睛像看到傅雷心里去了，傅雷的心脏"咯噔"一下。一丝不易察觉的红晕一阵黄沙似的刮过傅雷的脸庞，他忙用一个微笑掩饰。

傅雷翻开画册，那是一本法国 18 世纪风俗画家格勒兹的法文画册。翻开扉页，题有数行堪称书法的汉字："予我亲爱的黄鹂，深深的爱与谢意。龚古尔，一九三三年六月。"画册保存完好，看得出黄鹂一家极其珍视来自龚古尔的这份礼物。

傅雷决定从画册找话头："老丈，这个龚古尔是黄鹂姑娘的仰慕者？"

"俺爹得了哮喘，说话费劲，俺来说吧——龚古尔是俺姐的相好，那鼻梁老高，脸刷白，比俺姐还白，说是在北京当什么官，三年多前来到俺们这里，看上了俺姐，白天和你那个朋友一样举着个铁匣子照菩萨，晚上就住俺家里。龚古尔嘴甜，在俺家住了三个月，没事就爱围着俺姐打转。俺姐心肠软，一来二去他俩就好上了。后来，后来他回一个叫法国的地方去了。"小辫子一气说完这些话，气有些喘不匀了。

"法国？我在那里留过洋。"傅雷说完这话，心里"咯噔"一声，为什么要跟初次谋面的老汉一家说这话呢？

小辫子眼睛一亮，油黑的手按上了傅雷的衣袖："你啥时候再去留洋？你们在法国一准能碰上！"

"你姐姐也跟着龚古尔去法国了？"

"姐姐没跟去。他说要回来找俺姐，三年了也没回来。俺娘说过，男人没一个好东西……"小辫子眸子里亮起来的光又暗了下去。

"咳咳咳……你个黄毛丫头，瞎咧咧啥呢？"黄父出声阻止，咳嗽不止。

父亲对她是爱还是依赖，小辫子顾不上去分辨，她仗着与父亲相依为命，偏着头辩解："本来就是！俺又没说你！再说了，你要不是得了哮喘，俺娘也不会一个人死在关外！"

黄父举起旱烟袋作势要打小辫子。傅雷赶紧解围："黄鹂姑娘没去法国，去哪了呢？"

"俺姐在洛阳城里的春光院唱戏，她可是个角儿！听说当大官的有钱的人都给她捧过场！"

"法国人一走，庄上的人把俺黄家的脊梁骨都要戳断了。大丫头心气高，俺怕她在家待久了生事端，正巧有人说和，俺也就顺水推舟，送她去洛阳城的戏班子唱戏去了。咳咳……"

小辫子走到父亲身后，又是捶，又是将，帮父亲顺气："俺姐半年回家送一次钱，自己不得空就托人捎回来。这不有一阵子没回了吗，上回捎来的钱用完了，俺爹才想到请你上俺家来。"

"大先生去洛阳城比俺们便利，要是赶巧去了，就帮俺带个话，就说如果有钱，就捎点回来，没钱……就当俺没说这话。"

小辫子变戏法似的从身后变出一个信封，上面用蝇头小楷写着一个地址，傅雷料想必是春光院无疑。小辫子轻柔地抚摸那些字，仿佛抚摸着带体温的小猫小狗，目光里带着不舍和艳羡："俺姐的字是法国人教的，俺爹不让俺学，说学会写字心就野了，就更嫁不出去了。"

19

洛阳城丝绸巷，春光院的门"哐"地撞上，像有一只大手将傅雷扔回大街上，顺便也把那团热气蒸腾的暧昧人情和温暖灯光关在了门内。

冷风如刀，刀刀刮骨，街上行人本就少，不多的几个人影一出现，就裹成一团，匆匆闪过。

傅雷耳边响起一个面色枯黄的老鸨样的女人滞涩干巴的声音："我们这好姑娘多的是，就是没有个叫黄鹂的姑娘。贵人要不换换口味点别的姑娘？"

傅雷的心情突然糟糕到了极点，他本是一番好意，代为黄父传话，不承想被老鸨以为他是文人面皮薄，找姑娘还要找这么个借口。

他来龙门石窟本意是借机分散注意力，张弦之死像场地震，震得他太阳穴鼓胀。他有意按压心里想见黄鹂一面的念头。他还想听听黄鹂的声音。那张照片、那笔好字、小辫子的形容在傅雷脑海里和盘托出一个顾盼神飞又活色生香的黄鹂。寻人不遇的失落感激发出他对张弦的同情之慨，他觉得自己现在的状态就像曾与自己朝夕相处的张弦出师未捷身先死，他想喝酒，让自己醉倒在酒国里什么都不去管，什么都不去想。

八两酒下肚，像有一条条火龙从喉咙里往肚子里窜，又从肚子里往喉咙口窜。

半天飘下雪花，夹着细密的雪籽，往他脸上砸，往他脖子里灌，傅雷一时感觉一激灵，清醒了不少，一时又觉得雪打得自己浑身发冷，脚像踏在云里雾里，街面不受控制地晃动。一个趔趄，傅雷摔了个四仰八叉。想起来，身体不听使唤。

一把油纸伞撑在傅雷上方，挡住了风雪。一只温热的手向傅雷伸了过来。傅雷看向手的主人，是一个化着浓妆的妙龄女子："您还真喝了不少！您试试能不能站起来？"

傅雷嘴里嘟囔着"这怎么好"，心口不一，一只手搭在女子伸出的胳膊上歪歪扭扭地站了起来。

傅雷花了好半天工夫才说清自己的住处。

"离这儿很近，过两个街口就到。算了，我好人做到底，送佛送到西。"

"这怎么好？已经很麻烦你了！"傅雷虽烂醉，但还是试图保持文人的客套。

"问题是不麻烦我您走得回去吗？"

在牙尖齿利的女子面前，又加上喝酒过量，傅雷空前嘴笨，想说几句感谢的话，出口的偏是"有缘千里""不打不相识"之类不相干的话。女子被逗得前仰后合。

"您真会说笑！再聊下去你会说八拜之交、以身相许之类的笑话了。你是想感谢我，对吧？你真要谢我，就改天去春光院点我，我叫帘子。嗨，我跟你一个醉鬼说这些干吗，说了你也记不住。"

"春光院"三个字激得傅雷的酒醒了一半："你是说春光院？你是春光院的姑娘？那你认得一个叫黄鹂的姑娘吗？她是汴梁人。"

"你是黄鹂相好的？你算找对人了，黄鹂是我好姐妹。"

"太好了，太好了！你和黄鹂是姐妹，太好了，太好了！你这就带我去春光院找黄鹂吧！"

"你醉成这个样子，会招人嫌的。放心，黄鹂就是有翅膀，一晚上也飞不了，你回家歇着醒酒，明儿一早我把你的黄鹂领到你床前就是了。"

次日，黄鹂人还没进门，声音先"敲"开了房门："老头子是托你来要钱的吧？"

两个女子伴着话音进门。帘子是漂亮，可在黄鹂的衬托下，帘子的美显得稍稍有一些平庸。黄鹂一手拎荷包，一手往外掏钱放在桌案上："够不够就这些了，这段生意不好，妈妈都说过几回要散伙的话了。"

"人我给你带到了，我先走了。你们话短情长，想聊多长聊多长，想聊多深聊多深！"帘子眨巴着一对媚眼，朝二人努努嘴，久在风月场，还没脱去玩心。

"你个死帘子，看我不堵住你的嘴！"帘子躲避着黄鹂的巴掌，"咯咯"笑着带上房门走了。

房子里的煤球炉被黄鹂三捅两捅捅着了，坐水煎药。不透光的房间黑漆漆的，明灭的火光像舞台上的侧光，越发勾勒出黄鹂的娇俏容颜、美好身段，黄鹂的胸脯随着呼吸轻微起伏，脸上昭示青春的淡淡绒毛在炉火照映下也看得分明。别说拉斐尔、达·芬奇了，就是张弦还活着，或是刘抗他们在，一定可以留下一幅稀世名作。

黄鹂开腔了，她嘴里出来的豫剧清丽动听："抬头把天望，为什么，为什么，今天晚上夜真长！"傅雷没压制住喉咙里那声"好。"黄鹂回眸一笑："让您见笑了！药煎好了，趁热喝了吧。"

黄鹂哈着气，将汤药沥入一只粗瓷大碗，捧到床前。傅雷起身想自己喝药，被黄鹂按下去："你们男人就是爱逞能，醉酒又摔伤了，要静养，我喂你喝就是了。"

傅雷还没张口推辞，脑袋就被黄鹂抱在怀里。黄鹂舀起一勺汤药，吹几口，贴唇边试了试温度，才送入傅雷口中。

黄鹂一边专注地喂傅雷喝药，一边暗自打量傅雷：好看的唇形，人中沟深长宽粗，方下颌。黄鹂识人不算少，知道这是坚毅果敢、精力旺盛的面相。黄鹂觉得傅雷不英俊，但没来由地有种亲近感。从他的相貌和言谈举止，黄鹂判断她遇上了一个见过大世面的好人。

"我给你带来了一瓶好酒，会喝酒的人知道，喝酒讲究第二天要喝'还魂酒'，以酒解酒，和以毒攻毒是一个道理。"

她执意要给傅雷做顿能饱腹的吃食。傅雷拗不过她。她一阵风似的出门，带了炊具和面粉、调料回来。和面、揉面、擀面、抻面，手起刀落，切成一指宽的面条，纷纷扬扬撒入烧好的滚水中。面条起锅，半透明的面条自然起卷，抓一把葱花、香菜、豆瓣酱、辣椒面，滴几滴香油，两大碗入了傅雷的胃。傅雷囫囵吃完才发现黄鹂没吃，只是不错眼珠地看自己。

"真是抱歉，饿晕了，没顾上让你吃，要怪只怪你手艺太好！对了，你自己怎么不吃？"

"我不饿，我爱看你吃，你那股子馋劲看着就解饿！"

"这可怎么好？我该怎么报答你？"

黄鹂的眼睛里有道火光闪现："我提什么要求你都答应吗？"

黄鹂的话像在平静的水面扔了一颗鱼雷。傅雷犹豫了一下，还是开口道："得看你提什么要求……"

黄鹂眼睛里的火光熄灭了。

"你提什么要求我都答应。"傅雷捕捉到黄鹂微小的情绪变化，赶紧补了一句。

黄鹂眼睛里又冒着小火苗了。她调皮地眨巴着眼睛，那双眼睛上覆盖着刷子式的长睫毛："那就……你念书给我听吧！"

黄鹂这个要求比傅雷生怕黄鹂提的那个要求还要让傅雷吃惊。

"你个小滑头，这算什么要求！"

"你会说法国话吗？你随便给我念一段吧！"

傅雷这才知道，黄鹂心里还是没有放下龚古尔。也是，怎么能轻易忘记呢？龚古尔是他的初恋，也洞开了她从石窟村睁眼看世界的眼界。

两人你一杯我一盏喝着"还魂酒"，黄鹂唱豫剧，傅雷念法文，就着一土一洋的唱念"下酒"。

傅雷给黄鹂念的是自己正着手翻译的《约翰·克里斯多夫》。借着傅雷近似龚古尔的发音，黄鹂掉进了回忆里。

20

黄鹂从 1936 年冬天洛阳城的寻常旅舍"咕咚"一声坠入 1933 年秋日的龙门石窟。

"鹂，我想看你。"法兰西情人龚古尔慵懒的嗓音迷死人。黄鹂迟疑了一瞬。

"不好好看看你，我会后悔一辈子的。"

龚古尔这话在黄鹂听来像不马上得到满足就要死去。松开衣带，长裙子堆在脚边，黄鹂像维纳斯一样，身上散发出圣洁的光。

龚古尔看呆了。愣了片刻，拿起相机想把黄鹂的美捕捉下来。找了半天角度，还是不满意。

"鹂，你可以把头发放下来吗？"

黄鹂单手抽掉头上的发簪，一道黑色的瀑布泻在身体一侧。

傅雷深觉风尘如黄鹂却不改赤子之心，才是自己的知己。一个大胆的想法在他胸膛里跃动："黄鹂，我想看你……不好好看看你，我会后悔一辈子的。"

一颗泪珠从黄鹂粉雕玉琢的面颊滚落。她开始解棉袄的纽扣，又开始解夹袄的纽扣。

"不不不，你误解我的意思了！"傅雷慌乱阻止，又不知如何做。

黄鹂伸出一个手指，压在傅雷因为喝酒和紧张而发烫的唇上。

很快，黄鹂身上不着一缕。傅雷的目光偏向别处。黄鹂掰正他的脑袋。黄鹂后退几步，好让傅雷看得更清楚。

又一颗泪珠从黄鹂脸颊滚落，滑过肩窝，在仿如从雷诺阿的画笔中和罗丹的刻刀下诞生的乳房上画了一道弧线，摔在脚边的土地上："你也要我放下头发吗？"

傅雷明白此情此景，黄鹂不过是在演练，回味那个叫龚古尔的法国人带给她的冲击和震颤。身体却不受控制似的，他走上前，轻轻抽去黄鹂头上的发簪，一道瀑布泻在黄鹂身体一侧。傅雷伸出一个食指，像一只受惊的蚂蚁，轻轻又迅疾地掠过黄鹂肩头，一道闪电经过傅雷冰凉的指腹钻进黄鹂单薄的身躯。

21

1939年春，上海吕班路巴黎新村4号傅雷家中，炉子上煨着莲子银耳羹，蒸汽"咕嘟"顶起盖子，由于重力，再回落到罐体上，发出"哐"的一声。"咕嘟咕嘟——哐"，节奏鲜明。尽管站在厨房里，朱梅馥的耳朵却没停留在瓦罐的奏鸣上，而是留到了书房里。书房门虚掩着，如果光能折射，朱梅馥就可以将书房里的景象看得纤毫毕现。朱梅馥通过强大的想象力，将书房里的情景在脑海里还原成图像：

傅雷和成家榴随性地或坐或倚，随便谈论些平平无奇的家常话，有时也聊聊艺术和文坛趣闻。时不时地，成家榴撒豆式的笑声夹杂着傅雷闷闷的笑声，那是谈话中某个笑点戳中了一方的神经。

聊到兴起，成家榴"噔噔噔"跑去掀开琴盖，双臂一开一合，鸣禽展翅般的优雅，双手抚琴，朱唇送出袅袅娜娜的歌声。意大利语、法语、汉语、上海话，成家榴变着法子抒情。琴声和歌声像一只小手攥紧朱梅馥的心。

书房内似乎有曲终人散的味道。朱梅馥端着两盅银耳羹，走近书房门。

房门"吱嘎"拉开了，成家榴手里捧着一封信。

"家榴，喝了这盅银耳羹再走吧？"

"不了嫂子，我还要赴别的约，改天再来尝你的手艺。"

朱梅馥满是笑的目光越过成家榴的肩膀，看见书桌上也躺着一个信封。

22

　　1943 年冬，上海静安寺赫德路爱丁顿公寓 195 号公寓。戴玳瑁眼镜的胡兰成裹在长衫里的身体瘦削，从黑色轿车里出来，上到六楼 65 室。怎么按门铃门都不开，胡兰成时静立，时散漫踱步。

　　听铃声听得不耐烦的中年女邻居探出头来："侬看看是吃官家饭的，张小姐应该在家的，一天没看到伊出门寄信、买菜。"

　　"谢谢侬，我等等无事的。"胡兰成彬彬有礼地回应。

　　一袭旗袍、头缠发带的张爱玲手擎女士烟嘴，透过猫眼看到走廊上文弱苍白的胡兰成，在心里翻着白眼："这人好没道理，不晓得我是不见客的。"

　　又响了两阵门铃，门外终于安静了。张爱玲透过猫眼，看到走廊上空空如也。她抚着胸口轻声自语："谢天谢地！"

　　冷不丁门缝下面塞进来一张纸条，张爱玲抚着胸口的手改为捂住了自己的嘴。待脚步声走远，张爱玲才捡起纸条。

　　隔日，胡兰成再按门铃，门踩着第二声门铃的尾巴开了。

　　张爱玲把胡兰成让到藤椅上坐着，自己偎在沙发里，从高度上给了胡兰成俯视她的视角。两人意趣相投，有说不完的话。临别，胡兰成向张爱玲讨要一帧照片。两人同时站了起来，张爱玲高出胡兰成半个头。

　　"你高我这么些，这可怎么是好？"

张爱玲娇俏一笑，低下头，翻出一帧照片，在背后写："见了他，她变得很低很低，低到尘埃里，但她心里是喜欢的，从尘埃里开出花来。"

冬去春来，朱梅馥和傅雷各自捧着一本新出的《万象》杂志（5 月号）。

"'那么色彩鲜明，收得住，泼得出的文章！……仿佛这利落痛快的文字是天造地设的一般……至少也该列为我们文坛最美的收获之一。'老傅，你这么高看这位张爱玲小姐啊？"朱梅馥还是头次见傅雷这样夸一个人，颇有些意外。

"你是没看我在后面怎么批评她的。"

"在扯了满帆，顺流而下的情势中，作者的笔锋'熟极而流'，再也把不住舵……不能坐视她的优点把她引入危险的歧途……技巧对张女士是最危险的诱惑……任何细胞过度的膨胀，都会变成癌……'奇迹在中国不算稀奇，可是都没有好收场。'但愿这两句话永远扯不到张爱玲女士身上！"朱梅馥往下寻，果然看到傅雷辛辣的笔，不禁发出同情之慨："你这样批一个女人会不会有点不近人情？"

傅雷没接朱梅馥的话茬，转而摇通了柯灵的电话，动了雷霆之怒："我一直引你为知己，以为你和我一样狷介，你怎么能玩先斩后奏的勾当？"

"老傅你先压压火，我小人之心，怕和你商量你不同意所以造次了。我是这样想的：你我在沦陷区，巴金人在重庆前线，在沦陷区的刊物上议论前线的同仁，难免会被敌伪利用。再说，你写张爱玲的专文，提不提巴金无伤大雅……"

"什么叫无伤大雅？伤大了！我还提巴尔扎克了呢！你怎么不删？你的大道理倒是一套一套的！我不管，你坏了规矩，我得计较到底！你给我重登，你给我登报道歉！"

入秋，朱梅馥在客厅做针线活。电话铃响。

"老傅，电话，你接不接？"

傅雷的声音从花园传来："你接一下，我手头有活，懒得洗手了。"

朱梅馥拿起电话。电话那头吞吞吐吐："梅馥，是我，柯灵，老傅不生我的气了吧？"

"你还不了解老傅啊，他气性哪有那么大。那都是春天的事了，他没几天就不气了。"

"那他……你们……看了《杂志》那篇小说了吗？"

"你说的是张爱玲小姐那篇什么殷宝贝？"

"对，是这篇，殷宝滟。老傅他……你……没气着吧？"

"能气什么呀！张小姐这篇小说把我和老傅都看乐了。老傅乐完直摇头，说张小姐终究还是没逃脱他那篇文章的预言。"

23

1999 年，柏林之春，医院给梅纽因下了病危通知。傅聪接到弥拉电话，匆匆赶到。弥拉守在床边。梅纽因昔日的英俊神采不复存在，只剩苍白瘦削的病容。

"爸爸非得把你叫来。医生叮嘱过，他不能激动，你尽量别让他多说话。"

"嘿，耶胡迪，你不是总说能站着别坐着，能坐着别趴下吗？怎么，这次你认输了吗？"

傅聪的揶揄在梅纽因多日沉静的情绪上荡开了不大不小的涟漪："我就爱你这个调调，就知道打趣我这个糟老头子。聪，我这次大概真的挺不过去了。"

"你这样说我很难过。我能为你做点什么吗？"

"现在，我有资格说我的时间很宝贵这句话了，我想把最后的时间留给你。"他制止住傅聪插话的冲动，"我没问你话前你别插话——就算是报答咱俩是琴友又是前翁婿吧。"梅纽因不忘冲弥拉挤了下眼睛："当然，我无以为报，就给你讲一个故事当作回报吧。同意吗，聪？"

傅聪摊摊手："我能有其他选择吗？"

梅纽因的笑容还没荡开就止住了："你别无选择。你别插话——到目前为止，你为你父亲写下过一段完整的乐句吗？"

傅聪摇头。

"没有吧？三十年了，我向你约曲约了三十年，你一个音符也没有给我！不，你是没有给你父亲。你别难过，不管是真心难过，还是配合我的病和我的话应景地难过，都不需要。你不欠我的，也不欠你父亲的，要说欠，你欠你自己的。天啊，我去天堂见到你父亲该怎么说？我该说'你的掌上明珠、我的贤婿，关于你，他一个音符也写不出'。我想难堪的不会是我。"

傅聪脚下的地面滚落了几颗水珠，因为内疚、难过、懊恼、难堪，汗粒从他酷似母亲的光洁高耸的额头上渗出、滚落。他想说什么为自己辩解或者缓解尴尬，张了张嘴却什么音都没有吐出来。

"无话可说吧？我理解你。相信我，我也曾经和你一样，用情至深，就入了魔障。把心收回来，听听我这个糟老头子讲讲我的故事吧。你还记得你们几个为我办的六秩音乐会吧？那天来了好多人，演出很成功，我一高兴，即兴来了个倒立。这事不雅观，可不管你信不信，这是我人生中的高光时刻。"

"你当时还问我做不做得到。"

"你的回答是办不到。"梅纽因完全是小孩得偿所愿的开心。

"我办不到。"傅聪耳畔响起当年自己的回答。

"你一定奇怪，为什么我倍感自豪的不是我得到的德国最高的勋章大十字勋章，不是英国女王伊丽莎白二世授予我勋爵，不是我获得的英国上院终身议员，不是人们称赞的我是二战后第一位伸出'和解之手'的犹太艺术家，也不是科学奇才爱因斯坦对我的那句评价'现在我相信天堂里有上帝了'。我人生中最大的华彩其实与一个孩子有关。我记得那是1952年，我才三十六岁。"

1952年的日本街头，穿西装的男人，穿和服的女人，行色匆匆。

一个十岁出头的孩子背着擦鞋箱，挑中这一处繁华地段，放下擦鞋箱，摆出家什，吆喝起来。开始声音还怯生生的，喊了几嗓之后发现有人开始放慢脚步迟疑观望，信心足了一些，放开嗓子吆喝："嗨，太太们先生们，举手之劳，打赏我吧！我会倒立，我也会念几句俳句，我还会唱进行曲和《樱花》！我最会擦鞋，我擦的鞋在这条街是最亮的，能照出北海道的登别地狱谷和富士山上的雪影！"

开始有路人围拢，形成一个包围圈。一伙像是刚在哪里受过气的男人幸灾乐祸地说风凉话，引起围观众人的一片笑声。也有人为小男孩打抱不平。

平头中年路人挤兑说："这么大口气，不怕吓着自己吗？你是在明信片上看见富士山的吧？"

疤脸青年路人更损："喂，你这熊样，去登别地狱谷会吓尿吧？真的要去，记得多带一条裤子哦！"

"地中海"发型的中年路人起哄："现在的年轻人怎么只会吹牛皮？你倒是倒立给我们看看啊！"

小男孩禁不起激，四下鞠躬，翻身倒立，还以手代步，在人圈里走了一圈。中间还加入几个徒手倒立、颠步的高难动作。开始有人主动掏钱了，小男孩收一笔钱说一句感谢的话。

一个退伍兵模样的人开口鼓动小男孩唱歌："如果可以的话，我倒是想听你唱几句《樱花》。"

"樱花啊，樱花啊！暮春三月天空里，万里无云多明净。如同彩霞如白云，芬芳扑鼻多美丽。快来呀，快来呀！同去看樱花！樱花啊，樱花啊！

百花不如我心意，山野村郭樱遍地。如同彩霞如白云，芬芳扑鼻多美丽。快来呀，快来呀！同去看樱花！"

小男孩唱歌，众人踏歌、拍手和着。也有人情不自禁手舞足蹈起来。退伍兵把自己身上每一个衣兜都翻出来，显示自己捐光了身上的钱。人们纷纷慷慨解囊，不少人效仿退伍兵。

"够了够了！不用再给我了！已经够买一张末等座票了！"

三十六岁的梅纽因忘情地在乐池里拉琴。乐队配合。在最不起眼的角落里，小擦鞋匠手里捏着的门票被汗浸透了。梅纽因的面部和手部肌肉时而紧绷，时而松弛，琴弓和琴弦如一对恋人，如泣如诉。小擦鞋匠抿紧嘴唇，张大眼睛，生怕一眨眼这琴声就从乐池里飞走。

应观众热烈要求，梅纽因再三返场，之后用手制止住观众的彩声："感谢诸位赏光，本人度过了一个美妙的夜晚。希望我的琴声也能带给你们同样美妙的享受。现在我想邀请一位特别的观众上台。"

追光灯掠过头等座的名流富贾，掠过家境殷实的人们，一直扫到了音乐厅的边角，终于锁定了一个衣衫褴褛、不知所措的小男孩。

"是你，孩子！就是你！请你上台吧！"

追光灯一路追随，小男孩做梦一样爬进乐池，站到梅纽因身边。梅纽因给了小男孩一个拥抱。观众席中，人们交头接耳，纷纷猜测这个又土又穷的小男孩是什么来头，竟能独得梅纽因大师的垂青。

"梅纽因先生，我不是在做梦吧？"

"不，你没在做梦。是我在做梦，感谢你喜欢我的音乐。你能告诉我，我怎样做才能表达我的感激，或者能够稍稍帮到你？"

"我有钱，我可以挣！我什么都不需要，只想听您的琴声。"

"这个好办！"梅纽因转向观众席，"大家应该感谢这个孩子，因为他，我给大家加演一曲《欢乐颂》。"

在《欢乐颂》的琴声里，梅纽因拉琴的身影与梅纽因将手中的小提琴送给小男孩的身影叠加在了一起。

六十六岁的梅纽因三十年后再次来日本演出，演出结束后立刻赶到救济院。当年的小擦鞋匠成了四十多岁的中年男子。两人紧紧拥抱。

"先生，我等了您三十年。这三十年，我又穷又一直生病，给母亲养老送终后，家里只有四面墙壁没有变卖出去了。很多人出于可怜我的好心，说您的礼物价值连城，想用钱和其他东西与我交换，我怎么可能答应！"他取出梅纽因送给他的那把小提琴。三十年时光把阳光少年摧残成了贫病大叔，却似乎没有在小提琴上留下什么痕迹。梅纽因打开琴盒，摩挲着共鸣腔、琴弦、琴弓。擦鞋匠的目光和苍白脸上的微笑追随着梅纽因的每一个动作。

"我可以说你是我的缪斯吗？"

"我当不起，先生。如果可以，我想再听听您的琴声。"

梅纽因拉的还是《欢乐颂》，此时听来却似乎有了低回悲怆的味道。

"想不到吧？一个倒立，一个擦鞋匠，被我视为人生中的高光时刻。你的人生也需要高光时刻。当然，不是和我一样到了六十岁在舞台上倒立，也不是去找一个擦鞋匠，专为他演奏一曲。那不是你。你的钢琴也不如我的小提琴，想带去哪里就带去哪里。什么是你的高光时刻？不不不，人们可以掀翻屋顶的彩声、掌声，你获的大的小的奖，你被人夸成一百六十年才出一个的天才，你钟爱的钢琴，你像大水滔天一样澎湃四溢的情感，都算不上你的高光时刻。相信我，你的高光时刻只能是你为你父亲写的这支曲子。你是大江大河，他是托起和约束你的两岸与河床；你是启明星，他是承载你的天空与银河。你和他互为因果，没有他，就没有你，没有你，他的名字也会失色不少。去吧，离开我这个糟老头子吧，去替你父亲把他的一生重新活一遍，好好活，好好看，不要用你眉毛下的眼睛去看，用你的'心眼'去看。你一定可以破除魔障。相信我，孩子，你办得到。"

24

1967年夏的上海，几个工人模样的人走进江小燕家所在的弄堂。工人甲问路："江小燕家住这里吗？"

邻居大妈好心指路："小燕的同学吧？往里走，第二户。"

工人们拥向江小燕家。门开着，江小燕一家正围着小桌吃饭。

"谁是江小燕？"

"我是江小燕。你们是谁？"江小燕放下饭碗，站了起来。

"跟我们走一趟。"

江小燕爸爸也站了起来："什么事？你们跟我说……"

"爸，没事，放心吧。" 江小燕打断父亲，回头对工人甲说："咱们走吧。"

次日，工人甲打开正泰橡胶厂民兵营房旁小黑屋的房门。昨晚的几个工人进入。打开高瓦白炽灯。看不出日夜。

江小燕眯眼适应了一会儿才完全睁眼。江小燕打量工人们，看出工人甲热心，但工人乙才是他们的头头，一时有点想不出该主要"讨好"谁。

工人乙大刺刺地咋呼："知道为什么抓你来这里吗？"

"你们做的事，你们自己说——你们为什么抓我？"

工人甲好意提醒："小江同志，配合一点没坏处……"

工人乙意识到工人甲有"通敌"之嫌，愠道："说什么你？想犯错误？"他变了脸，转向江小燕："别装蒜，你做了什么自己清楚！"

"我不清楚！"江小燕梗着脖子。

"你！"工人乙扬起巴掌作势要打，又无奈落下，"好吧，我不跟你一般见识！你出社会了，说出的话泼出的水，你自己掂量着办！"

"我没出社会！高中毕业没工作，我就是一个不懂事的毛头学生、书呆子！整天跟我爸屁股后面吃点墨水混日子……"

1958 年夏，十九岁的高中生江小燕临近毕业。上海市一女中高中部校长办公室，戴黑框高度近视镜的校董和颜悦色："江小燕同学啊，侬品学兼优是伐，教你们俄语的那个柴慧敏老师呢有问题晓得伐，学校决定了要把伊打成右派，侬文章好得啦，写写文章帮帮伊，救伊一下，毕竟伊是侬老师。侬晓得唔意思得啦？"

江小燕脑子里翻江倒海，捂住嘴巴，有反胃的生理反应，赶紧跑出校长办公室。江小燕弯腰干呕。柴慧敏刚好迎面走过来。二人素常交好，柴常和江小燕谈理想谈人生谈私房话。

柴慧敏轻拍、抚摸江小燕的后背："吃坏东西了吗小燕？"

江小燕见是柴老师，转身抱住，眼泪扑簌簌："柴老师，你们大人怎么这样！"

柴慧敏似有所思，安抚江小燕："老师都明白。你该做什么做什么，顺自己的本心就好，老师不怪你。"

布告栏前，学生们一字排开。校董气急败坏，手里挥舞着江小燕写的"检举揭发材料"："对坏人的姑息纵容就是犯罪！江小燕同学就是个活生生的例子！"

江小燕的毕业鉴定书上赫然注明：立场不稳，思想右倾。政治品德等第：差。

工人甲等几个工人听江小燕说吃墨水都吃吃地笑。工人乙扫过来一眼，大家赶紧止住。

江小燕注意到，工人乙的白眼翻得很有水平，她暗暗揣摩，心想这一招绝说不定什么时候就能用上。

"没工作还光荣了？还吃墨水，你真当我们工人阶级是大老粗？我提醒你一下吧，《汤姆·克里斯多夫》……"

"不是汤姆，是约翰。"工人甲没忍住给工人乙纠错。

工人乙白了工人甲一眼："就你能？我说汤姆就汤姆。"

"这本书……名……我听说过。"江小燕本能地要起小聪明。

工人乙继续抛饵："你跟这本书的资产阶级翻译家傅大右派分子是什么关系？"

"我和他没关系！"江小燕回答得毫不含糊。

"没关系？"工人乙脸凑到江小燕脸前，"没关系你给他收尸？"

"我没给他收尸，我只是顺便收了他的骨灰。"

"顺便？说得轻巧！你怎么不顺便把我的骨灰也给收了？"

"如果有一天你的骨灰没有人认领，我也会帮你收的。"

"你！"工人乙攥紧拳头，"你咒我？"

"你别这样，我害怕。我没咒你，我说真的。我爸爸帮过五个邻居募捐买棺材、操办丧事……"江小燕一副楚楚可怜的样子，半真半假，下意识地想顺嘴把工人乙拐跑，可惜未能得逞。

"别耍滑头！傅雷是坏分子，你也帮他收骨灰？"

"我又不认识傅雷，只是赶巧他的骨灰没有人领，就冒充他的亲戚去领了。人死了一了百了，总要给死者留个脸面，给家人留个念想。"

工人乙看出江小燕的委屈不像是伪装的，恨铁不成钢："幼稚病！你病得不轻！坏分子活着是活罪，死了是死罪，死了罪加一等！"

"我承认我幼稚……"

江小燕正想"忏悔"，被工人乙打断："你确定没说假话？"

工人乙怒目瞪着江小燕。江小燕心里一动，平静的双目回敬过去。漫长的一分钟对视对于江小燕来说比"收监"的一整晚都要漫长。一分钟过后，工人乙眼睛里的凶光柔和了下来，甚至有了怜悯之意。

次日，工人甲打开房门，打开高瓦白炽灯。江小燕的眼睛瞬间假性失明。

"你可以走了。"

江小燕有点不敢相信，但耳朵明白无误地听到了工人甲的声音。

"真的吗？你能再说一遍吗？"

"你可以走了。"工人甲又说了一遍。

江小燕不动。

"你傻了吗？你可以走了。"

"我还有一个要求。"

工人甲像是早有预料，摇摇头，和门口的工人乙咬耳朵。工人乙走进小黑屋。

"你的要求还挺多！说吧，喝墨水的。"

江小燕扫视工人乙身后的其他工人。

工人甲乖乖地带上门，屋里只剩工人乙独自面对江小燕。

"我要你保证！"

工人乙笑了，他这个笑多年未有，他笑得舒心又畅快："真新鲜！我需要向你一个小屁孩保证什么！"

"我不是小屁孩！我二十九岁了！我要你保证，这事就烂在你肚子里，不许向里弄派出所反映！"

"要是我不听呢？"

"我死给你看！"

"好了好了，我保证不反映！"

"你把话说全！"江小燕不依不饶。

"我向江小燕同志保证，不向中华人民共和国任何一个派出所，尤其是江小燕家里弄派出所反映江小燕同志……"

"好了，后面的不用说了。"江小燕大手一挥，赦免了工人乙的口头保证。

"江大小姐，您可以走了吧？"

"那他们呢？"

"他们听我的。"

"好吧，我信你！"

工人乙亲自带路，把江小燕"护送"回家。工人乙扭身就走，往后挥挥手。

"你站住！"

工人乙转身，指了指自己："你叫我？"

"对，就是你！不许喊我大小姐！"

工人乙嬉笑敬礼："遵命！江小燕同志！"

一个混世魔王就这样被年纪不小、涉世不深的江小燕给找补回一点本真。

25

指针拨到2016年夏天，江小燕位于上海的家中。蝉在窗外扯着嗓子叫。风度翩翩、银丝满头的傅聪眼睛湿润。七十七岁的江小燕和八十二岁的傅聪围着茶几坐着。两人面前各摆着一杯茶。江小燕用的是自己专用的杯子，大容量玻璃杯，外面用塑料线编织成一个杯罩，美观也隔热。这是几十年前的老时髦了。傅聪用的杯子是客杯，尽管江小燕用心洗了两遍，杯子还是不透明，似乎淡淡铺上了一层油烟，新刷出的几道痕，让油烟的存在格外明显。

江小燕捧起茶杯喝了几口茶，见傅聪没有动杯子，江小燕将口中的茶叶梗吐进茶杯，和傅聪说体己话："你是不是喝多了功夫茶和咖啡，嫌弃我这茶叶不好？我只有这种老粗茶，说是常喝对降'三高'有好处。"

"哪里哪里，挺好的。您的茶杯和这茶叶，让我想起那时候，妈妈待客用的就是这种茶叶，那时候没有别的……爸爸也用的是这种杯子……"傅聪眼睛又湿润了，想喝一口茶转移注意力，江小燕在杯子里放入了太多茶叶，过浓的茶水入口发涩发苦，傅聪艰难地咽了下去，"我没想到……我以为您像我父亲的传记作家和记者说的那样，是个英雄式人物……"

"我从来都不是英雄。我宁可你说我是个有良知的人，是没有泯灭基本人性的人。本质一点、简单一点说，我不是什么英雄，我就是一撇一捺一个'人'。如果把我说成一个普通人一不小心做了英雄式的举动会让你更好过的话，你可以这么说。"

"不不不，恰恰相反。如果您是英雄，会让我感激，因为您的行为对我的父亲母亲和我来说太重要了。您让我感觉到了人性的暖和光。您是无心之举，但您的出发点比英雄式地收集我父亲的骨灰还要站得高，也更有人间气，恰恰在某种意义上救了我……"

1966 年，钢琴教师家，隐约传来远处喊口号的声音。钢琴教师纠正江小燕的几个失误，江小燕再弹一遍，获得老师认可。江小燕合上琴盖。

钢琴教师满是自嘲的口吻："今天的课结束了。小燕，你和别的孩子不一样，你还敢找我学琴。"

江小燕情绪有些激动："我这人没其他毛病，就是认死理……"

钢琴教师叹一口气："知道是毛病就适当改改。你喜欢《约翰·克里斯多夫》？"

"当然了老师！学琴的人怎么能不喜欢约翰·克里斯多夫！我这辈子能做到约翰·克里斯多夫一根小指头的指甲盖那么好就知足了！"

钢琴教师沉默了一晌，闷声提起："你知不知道……这本书的译者刚刚去世……"

"怎么可能！傅雷先生死了？他怎么死的？"江小燕张大嘴巴，这件事实在是太突兀了。那个翻译了《约翰·克里斯多夫》的翻译家怎么能死？他的读者会答应吗？

钢琴教师神色黯然："自杀。他夫人也随他一起去了……"

江小燕没有表情的脸上突然滚落两行泪水。

夜幕下，江小燕只身来到万国殡仪馆。昏黄摇晃的灯光下，江小燕和穿帆布工作服、系白围裙的殡仪馆工作人员的面容隐没于灯影深处，旁边的吊灯被风刮动一下，二人的面容就短暂地亮一下。江小燕心内忐忑，挺直腰杆。

"同志，我来取我爸妈的骨灰。"

工作人员很不耐烦，赶苍蝇一样挥手赶江小燕："这都几点了？早下班了！明天上班时间来！"

"毛主席教导我们，革命不分先后，领骨灰……不分早晚……"

工作人员奇怪地上下打量了江小燕几眼，看得江小燕心里发毛。她强作镇定，瞪大眼珠子与工作人员对视。工作人员最终松了口。

"谁是你爸？"

"傅雷，我爸叫傅雷，师傅的傅，打雷的雷。"

"你爸是傅雷？送他来的他大舅子朱人秀怎么没来？"工作人员压低嗓音，好像他俩在对接头暗号。

"我来取不一样吗？"

"你等着。"工作人员说完，在一地的骨灰坛里踅摸。

每一秒都等得江小燕如芒在背。江小燕的手心攥了一把汗，一条汗线从耳后蜿蜒进脖子根里。

工作人员单手捧出一个花盆模样的粗陶盆。江小燕伸手去接，手指就快挨上陶盆，工作人员把陶盆往怀里收了收。

"我怎么没听说傅雷有女儿？"

"我是他干女儿！"面对工作人员的质疑，江小燕有些起急。

"干女儿？也行，干女儿也是女儿。我就信你了，我估计也没有谁会蠢到冒充'黑五类'子女。"

江小燕伸手"夺"陶盆。

"这个可不能给你。你带骨灰盒了吗？"

江小燕哪里有钱买骨灰盒。她找工作人员询问朱人秀的电话。

"自己查！"工作人员没好气。

江小燕从登记簿上查到电话号码，好说歹说借用殡仪馆的电话打了过去。

朱人秀赶来，花钱买了个塑料袋。

江小燕张开塑料袋，朱人秀捧起粗陶盆，将骨灰倒入袋中。动作尽管轻微，还是有一些骨灰飘了起来。黑的灰的鳞状片的骨灰沾了一些在江小燕的脸上、头发上，江小燕仰头看着另一些在昏黄的灯光下飘啊飘。

朱人秀拉着江小燕火急火燎地离开殡仪馆。工作人员和她的对话震得她耳膜"嗡嗡"作响。

"我干妈的骨灰呢？"

"哪来那么多盆？和傅雷的混在一起了！"

天刚擦亮。江小燕和朱人秀找到永安公墓，想将傅雷夫妇的骨灰寄存在那里。守墓人在一张小纸片上写了"怒安"二字。

朱人秀拉着一步三回头的江小燕走到公墓大门外。江小燕从衣兜里抓出一把糙米、一个地瓜，就当供果了，又点燃不知从哪儿弄来的一支烟，两人对着公墓方向拜了三拜。

按理说江小燕应该怨天尤人，可从她脸上看不出一丝内心的波澜，江小燕像在讲别人的故事。傅聪拿起江小燕的专用杯，拧开盖子，把水杯递到江小燕手上。江小燕接过茶杯，并没有喝。

"您经受了太多还这么看得开，我代替我家人感谢您。"我能为您做点什么吗？您别误会，我没别的意思……"傅聪迟疑了一下，终于还是说了出来。显然他考虑了很久，但因为觉得唐突，因此有些左支右绌。

"好啊，还真只有你帮得上我。"

傅聪心里预先排演过江小燕的一万种回答，无一例外都是被江小燕拒绝：严词拒绝，婉言谢绝，最勉强的回应也是半推半就。但江小燕直接、率真"张口要"的回答还是让他吃了一惊。他不得不磕磕巴巴地临时想词："这样啊……我能……帮到您……什么呢？"

"我要——你的特长，你父亲的骄傲——你的手指……"江小燕微微笑着，盯住傅聪。傅聪听得云里雾里，自己的手指？这算什么要求？

"怎么？犯难了？做不到吗？"

"您的话……我不大明白。"

"我听说你在为你父亲谱曲。"

"是的，但一直没有头绪。"

"我明白，近乡情怯、近亲情怯是有道理的。爱得太深，爱到无力自拔的地步，是很难写出什么的。"

"十七年前一个老人也和我说过类似的一番话。"

"你不需要写什么惊世杰作，你是向你父亲倾诉，想想你和你父亲写信，你和你父亲谈心，那种情不自禁、娓娓袅袅。如果你愿意，你也可以想想我今天和你讲的我的故事，毕竟这里面有关于你父亲的真相。放下大师的包袱，也许你能写出来——你不过是用音乐在给你父亲写一封家书。"

26

2020年9月3日，华沙爱乐厅。离开父母独自远赴异国的傅聪带着父亲的期望，也带着一国的期望一鸣惊人。第五届肖邦国际钢琴比赛场馆只有一人一琴。华发满头的八十六岁的傅聪像当年比赛一样气定神闲，长吸一口气，一口真气到底，指尖流泻出梅纽因交给他的作业，献给父亲傅雷的钢琴独奏曲——《大地惊雷》。只是，琴声如诉，斯人已逝，诉与谁听？

这是怎么了？父亲和母亲坐在台下，约莫还是他那年离家时看到的样子。哦，旁边是梅纽因、梅·百器、刘海粟、张弦、雷垣、黄宾虹、刘抗、周煦良、钱锺书、杨绛、张爱玲……

"爸，醒醒，别着凉了！"

傅聪从钢琴上起身，睁开眼，只见傅凌霄、傅凌云围在身旁。

傅聪笑了："是你们啊，我没事。人老喽，瞌睡重。走，咱们回家……"

傅聪一手一个儿子，步出大门。此情此景，与当年手牵少年傅聪、傅敏的中年傅雷如出一辙，只是，加了时间的砝码，一切已物是人非。

说吧，说你爱我吧

卫红给我打来了电话，电话中始终绵延不绝的依然是一迭声的央告，或说发嗲。

卫红说："符煎！你变了！"

初闻此声，要在过去——用小数点后一位的精确计算，就当在六年零三个月前——不，提到六年零两个月之前，我会汗漫脊背、两腿发虚的。

现在我显然安全度过哺乳期。

注意，我强调的是"渡"，渡水的渡，我渡的是一条白光织成的水。

我很平静，甚至想笑出声。当然我没有。

我知道，卫红下一句会是："说吧，说你爱我吧！说想抱抱我吧！说呀！说吧！"

不说你也猜想到了，卫红是跟我关系相当亲密的一个人。朋友，异性的那种。确切地说，配偶。

不消说，为她，我也曾像所有小男小女一样费尽心机，终于，我应了小说中常说的那句话，我把卫红"搞到手"啦，但那是很久以前的事啦。

　　从小城咸宁到大都北京，或者相反，我不知已经走过多少趟。此前此后的一趟趟一路路没有光鲜可以咀嚼，尤其没有你眼睛里（我是指深处，潭心一样深邃的深处，往深里想啊想）期望的那种，你明白的，我想说的是怎么一回事来着。哪档子事啊，每到这时，卫红会这样说的。

　　我这次要说起的是1993年那遭。肯定会有些陈年发黄，肯定会有些隔日阳光和画面背后小手接触不到的惶急，但愿不使你陡然锃亮的眸子喑哑失声。

　　1993年比较受我偏爱是吧？ 1993年啊！

　　1993年的9月我很悲伤。我一个劲儿拿眼珠钉死每一棵经过我的树枝看，狠狠地看，狠狠地想，把自己往绝路上逼。看得树枝毛骨悚然，想得树枝头发倒竖。对着树叶我想的是，掉呀，快往下掉呀。这么想时我眼前真的哗啦一声拉开了。我感觉是一道电光划亮了我木立的这个平庸的空间，所有人瞩目，拿出白痴或者稚气未脱的神色，但眼光首先不是聚焦于树叶的寒光、树叶的跌倒或者树叶的尖声惊叫，而是越过我的头顶，空空的，傻得值得人同情。那一刻，我又想到了一个最通俗粗陋的比喻：如果树身能劈开一条缝，这拨子人肯定立马钻进树缝里。

　　差一点忘了：我在心里叫着树叶快些往下掉的当儿，树叶真纷纷扬扬往下掉了。掉了，树叶说，我真往下掉了。真往下掉了，就掉了，像经历了整整一生。一辆卧车驶过，一辆自行车驶过，一双脚板走过，我被驶过的脚板车轮碾得很小的眼球摄到：树叶，奶黄色的树叶，挤压着冒出汗和汁，一颗一粒攒积着，粉尘斋麋。叶的眼睛破碎成多少颗小眼睛，睁开着，照亮着。礼让新的车轮和脚步又更新地划分着。

卫红正是在这个当口强行进入我的视野。这么说不能说是自作多情、不尊重革命女性。回想起来，我要命地意识到，卫红是个很有手腕的女子。

这么说吧，1993年9月之前的整个一年我是硬生生奉献给卫红啦！尝试过很多又经历了很多之后我把纸和墨水投向了卫红。对卫红的这种投诚有点悲壮和救命稻草的味道，但你基本不可以怀疑卫红的天真以及美貌，但其实在这之前更久我就暗地里对她怀有好感了。火药埋设于1989年一场舞台对白。以至于后来当我终于明白之后狠狠用脑袋撞了我喜欢的一株粗老的银杏树，我说，天啊，她原来对谁都可以这样说。

1989年的舞台上，扮演女教师的卫红抚着"学生"的脸颊对"学生"说：
说吧，说你要顽强地活下去（吧）！

那个加括号的吧字突没突破卫红的嘴我无从回忆，因为第一我不是卫红的舌头和牙齿，第二我那时候根本没有尝过卫红的舌头和牙齿。但又有什么关系呢？它并不触及问题的本质：1989年的笨蛋符煎埋下了情种（钟情于小女生），1999年的蠢蛋符煎心理不平衡啦！

公平地说，卫红是个很不错的女子。比如，她好撒娇，当然撒娇有什么不好的呢。她爱使小性子，馋嘴，醋劲儿大，关心别人，比如异性，等等。当然，这都是女人的优点。再比如，她选中了我：在恰当的时间恰当的地点打了一场漂亮的战役。

我来到集体宿舍第二天有人喊我名字：

符煎！女孩子家信！

我老着脸拆开了信，尔后扭了眉，龇了牙。

卫红在粉色信纸上写：得到一个人的爱是多么幸福！我满怀期待地奔向他却发现我是一方多情！别了，符煎！

傻蛋符煎星夜写了满满两页信纸表白，卫红卫红我喜欢你很久了，我喜欢你。

你知道，1993 年的符煎还是一个不懂得收放、不会惹女子伤心的年纪。这难怪。

此时，我坐在 1993 年武昌到北京的直快列车上。车号是 245。后来这个车号被取消了。现在思忖着有些恍然，真的只是曾经存活于 1993 年的一道光、一声响啊。注定是要消亡的，不可捉摸并获取的。往深里想，再想，我就有些茫然了，我起了个小小的疑问：1993 年，我曾经坐过 245 次列车吗？我见过这道光吗？我听到这声响吗？我摸到这道光、这声响的体温了吗？我存在过吗？或者仅仅是旧时伤疤，在偶尔的晾晒下突然清晰，凸现出迷惘的脸色。或者仅仅是午后一个不经意的梦，抖掉一脸迷茫，梦也就遁迹了。

我坐在 1993 年的列车上。

我一路看风景。我眼光闪烁对吧，并且时时以目光空空如也的姿态，自恋、自爱、自我感觉良好到了极点，也自卑、自贱到了极点对吧。分析1993年老兄符煎的目光是漂浮而固本的：闪烁游移间，一下一下地他把目光投向人群中"可喻成花的部分"啊！虽然只有短兵相接、短若电光石火的一瞬又一瞬。

没用多久，汉子符煎定点在斜对座的女子。正是风情好时候，毛头小子符煎在心里赞出这么一句。

我偶尔柔情地一瞥，躲闪，却直接。

女子像画卷一样在我视线猎取下徐徐展开。一段柔软的脖颈首先撞破我的视野，打动我的是曲线，仿佛生动攒动着的绒毛敷在细致润滑的锦缎上，光打在车厢里，传播到这段颈项前却丢失了尖锐和强硬，变得鸽子般温驯柔和。我不敢再看，不敢再打比方，不敢再想。那一刻我要命地想起一篇有情意的文中这样一句话：见识你的脖颈，已经是一种亵渎。这句话突然浮现的时候像一道刺目的白光（你听了它嘶哑的尖叫吗），蓦地击断我那偷偷惴惴伸出的视角。

火车晃晃荡荡、晃晃荡荡经过黄河，意外地，一条水线在黄昏中的车灯照射下粼粼地闪光。这点闪光与我从女子颈项上发现的电光怎可相比！

人们纷纷侧站身子，抻长脖子张望，窗外的野景太吸引人了，眼珠子举在手上穿透玻璃也不能使人们更满足。

我不能预料，专注地悬挂在我眼睛尺半之外的，是我注目良久的"正是风情"。那是两条十分优美浑圆的曲线，不光是美，那美在变在动，微微地，点点头，微微地，错位、变形。那是一种不堪重负的坠感，想想梅雨潭浓艳欲滴的绿，想想小说中胀满纸张的丰盈饱满！想去承接，但凭借什么，除了脉息和心跳。

叽喳的人们看饱了，她也回转了身子。当她的侧影撞击我的眼睛时，我再一次血流变速。我想欢叫出声，我想脸红，我想伸手触摸那唾手可及的曲线。我想说的是，她自有她该有的起伏，她自有她该当的韵味，她自有她该具的风致。圆润细巧的颈子，俯仰恰到好处的胸脯，那腹部，平坦如原，那腰际，内凹得恰如其分，后面，耸立而昂扬。我意识到稍稍的失态——我直挺挺的瞩目绊了其他人一跤又一跤。

在想象中，我的手已经伸出了一次两次，哪怕是远远地描画她魔鬼一般的轮廓。

我们一生之中牵过不止一双手。

这点，你我都明白。你和我。

这是我一首猥劣的诗中的句子。卫红有一天读后"嘁——"地唾了把，然后掉开身转到一边。

我继续在电脑上"致陌生女子"时，几声响亮尾随着钻进耳鼓：

"嘭——啪——"这是门沉重地撞上了。

"呜——啊——"这是卫红同志压抑地哭叫了。

说起来，卫红不坏，心眼好，对夫君尤其好。虽然常常被我嘲笑为幼稚病患者后嘴巴能撅半天，可完事了仍然喜欢在大街上刻抱紧我的胳膊，怕我飞了似的忧惧着。

卫红也常常刺激我一句两句。她数落说见了女人就完。

还别说，嘴上不服软心里还真挺认同，挺敬佩卫红的眼光的。其实，何必说得这么严重呢……

我因为心底暗含隐晦的期待而耳郭涨红。

我想触摸，不一定是她的衣襟，其实哪怕仅仅是罩在她周身的那圈光晕也好。

我想发生点什么，比如突然停电，车匪抢劫；比如紧急刹车，她倒扑过来；比如她开口说话，那话音会多么感动我每根毛细血管……

对了，她为什么没有说话？她一直没有开口说一句话啊！

我为自己有这么重大的发现而在心里歌唱，我为自己终于完成的深刻而充血。

眼光扫遍女子全身，却独不敢正视她的脸。我无法说服自己相信：这究竟是身为大男人的自尊还是身为臭男人深深的自卑。对着一朵鲜花不敢伸手，对着一弯月亮不敢抬头，是否表明我为男人的超脱和不凡？我不知道，不想知道，不敢知道。是不是，我做作的一切只是表演？是的，另一个我站在我背后，超然地俯视着我的种种搔首弄姿、曲意逢迎，对着这小丑一样的杂耍发哼冷笑，兴头上来也不吝啬一声喝彩……

却看女子，多少光芒从那件薄薄的裙子里迸射而出！

从脖子自下：蛇形的不对称咬合领蜿蜒过她胸前，直到脐部，直到小腹，直到腿部，直到开衩。水绿，其实是绿色若隐若现，白色若有若无的透玛瑙，不知道言说美女如蛇会不会埋没她衣饰的光彩。而在小腹，信手嵌了条玫瑰紫的缎带。玫瑰紫和水绿，应该不算多么柔和融洽的配色，但匍匐在她的躯体之上是那样亲密无间，在那片小腹上勾上玫瑰紫的一笔倒更显是平原上见奇峰，特意突出渲染了。就这么轻松地一系，水绿的裙裾生动了。这么松松地一系，挽个松松的结，交错的蛇纹裙摆左右错合，影影绰绰，引得人随之动荡，并愿深一步想念。

符煎同志摔在回宿舍的路上。马上到来的后来证明跌跤事件正是命运的折射反弹。我觉得要出什么事，开始只是隐隐有预感，慢慢地，这隐隐的预感就一口一口长大，直到——

道上点缀三处两处下水道，上铺井盖。骑着自行车回宿舍的我就想，要是井盖没了呢？要是车轮卡进井口呢？要是我掉进臭下水道呢？随着九十九度大拐弯，扑哧，血和预感汹汹涌涌地熏黑了视野。

宿舍中，卫红的信等着。我知道预感如天意。卫红在信中说，谢谢你符煎。卫红说有一个人对她好。

那一次，我觉得自己离死亡很近，离自尊很远。

问卫红为什么在两个月的后来又把绣球抛给了我是件很傻的事，对像我这样的男人来说。你说对吧。

有一位叫宛晨的女子不可不提。她什么时候到来的我并不清楚，我清楚的是她到达我身边时我全身抽了一下，我在哪里见过她，我就这样想。

宛晨是那种在白天平白无奇，在灯下暗暗发光，在黑夜如鱼得水的女子。也就是说，随着光线的淡化，宛晨的魅力便很快由少少许激增到许许多。或者说，起先是白开水，之后变成可口可乐，能够蚀人牙齿的那种。

宛晨很快地跟我熟络起来，这让1993年的我很激动。我认识到，这是一种来自田野的美。粗糙的，裹着腥风。我记起春天的野花正是同样的味。

宛晨抓住我手把我往舞池里拖。对了，我忘了表明我腼腆羞涩，疏于交际，至于心里是否强烈渴望与人接触（好比皮肤饥饿什么的）就只合适去问1993年的符煎吧。宛晨抓住我往舞池里拖时我采取了小说中用滥的那个词：半推半就。想不出更恰当的表达方式了，因为我当时的姿态光用脸上为难心内乐表达就显得太平面、太底气不足了。对，我就是半推半就着。

宛晨说，揽住我腰。宛晨说，走路一样。宛晨说，拉我手。宛晨说，看哪啦。抱紧点，宛晨说。

奇怪得很，后来回忆与宛晨的那次夜舞，只记起宛晨简洁短促的一句句号令，婉转的和坚硬的。我怎么回应、又说了什么全不在记忆中了。俗语说，记忆之河在这里暂时断流。

几天后我回了咸宁老家，揣着男人自尊的毁灭和莫可名状的欣悦回了老家。两者都是窃窃的，偷埋心底。我对自己说，不可窃窃偷欢，想了都不应该。这样在田埂上瞎忙碌时就清爽很多。

空空幽谷中突然听见自己放大的心跳或者呼喊会是什么滋味？ 1993

年 8 月，伐稻的符煎就体味了这种没来由的恐慌。

我的名字被很刺耳的官话击中，脑袋嗡一声响开了，眼耳鼻喉顿时茫然，接着，我被扑倒了。在一丘田塍过后就方言迥异的咸宁村野，在一遍一遍村野方言锻打过的稻田里，汉子符煎被掀翻在地。我看见很粗很粗的呼吸，一片红彤彤的嘴唇锅盖一样铺天盖地而来。啊，我被自己的尖叫惊了个抽搐。呼吸的温热和急重没有了，红嘴唇没有了。宛晨微微红了脖颈，拍打着身上细小的稻禾，一眼一眼地挖我。我木头样挂在田头，心里空落落的，也过意不去，觉得心里正渴望的没到嘴边就没了。煮熟的鸭子，8 月的符煎这么想。当晚的日记这样记载：

对我始乱终弃的一个让我想着揪心的女孩，花了一个秋夜终于把我扫掠一遍转而消尔无形。

提琴一样的躯体，目光下，释放出梦一般起伏的旋律。脑海中，这样一个句子始终萦绕不散。

她该是早晨第一滴露，她该是第一缕日出、第一道霞光，她该比卫红纯洁优美。她更火辣，她热烘烘的眼珠比宛晨更勾魂……

只要伸出两个手指，轻巧一捎一带，结就解开了啊！

水绿的波纹中，我能看出底下掩藏的肉紫猩红。紫玫瑰紫玫瑰，紫色的结，开了，光就流了，放了。

符煎说我喜欢你。卫红来信了。卫红说，说吧符煎，说你娶我吧。

傻蛋符煎想想同意了，说，卫红，我娶你吧。

关于符煎是否伸出释放美和光华的那只手另有说法。其中之一是说245安全到站。符煎紧紧跟随那女子出站，拐角处，风吹了吹，那女子回过头避风，居高临下的汉子符煎发现了一张干核桃般的脸，回来后大病一场。

另一种说法是符煎紧紧跟随那女子出站，晃了两晃，那女子进了一家豪华大店，再晃一晃，女子不见形迹，符煎情急中跑上跳下，好花不负采花人，最终发现那女子在挑衣拣饰。心怦怦，色空空，汉子符煎毅然揪住紫玫瑰，哗啦，衣衫应声而落，白光照彻商厦，售货员一声断喝："有毛病！"

又一种说法：符煎紧紧跟随那女子出站，终于拉住了紫玫瑰，带子是脱了，光却没冒出来：那女子禁卫森严。没有耳光，没有挨骂，我终于发现那女子朗若晨星的眼睛雕刻着光可鉴日的脸。我想我那一刻是痴迷的，因为我只怔怔地说了一个字："美！"

向鲜花奔去

祁顺顺是被母亲顾顺妮给掐醒的。是的，顾顺妮因为干惯了粗活而变得如粗砂纸般粗糙的大拇指和食指合拢，准确无误地钳住祁顺顺大腿内侧稍稍靠前的一块肉。那块肉过于蓬松，以至于顾顺妮有掐着了一块发面团的错觉，一有错觉，下手就没个轻重，善意的提醒变成了恶狠狠地掐——这种力度大概只有当被老伴祁良稚惹毛了发起狠来才会有。祁顺顺一下子从峰顶滚落到山涧，下落的过程没着没落，一路之间山石嵯峨，偶见叶子半落的山树、几成山石色的藤蔓，祁顺顺发狠想抓住什么趁手的，惜乎那些物什总与她的抓握保持肉搏而过的距离，她的惊叫声于是跟随身体一路下坠，惊脱迅猛的山鸡野鸟和山涧浮动的一团团一簇簇的霞霭。顾顺妮顺手就捂住了祁顺顺大张的嘴。倒不是怕惊扰了祁良稚在里屋竹床上的梦，而是叫声太过凄厉，祁顺顺的小舌在喉咙口摆动的模样看着怪吓人的。祁顺顺正在做一个跑步的梦。她一路跑啊跑，开初路大卫、顾顺妮、祁良稚还陪着一起跑，跑着跑着，路大卫跑没影了，接着祁良稚也消失了。祁顺顺抓紧顾顺妮的衣袖问："妈，路大卫人呢？不会是出什么事了吧？我爸呢？他俩怎么都躲着我？"顾顺妮刚搭腔，就急速后退，声音和祁顺顺拽牢的那个衣袖化作一团雾气在祁顺顺手心里翻滚。祁顺顺追了过去，一脚踏空。"顾顺妮，你到底还是不是我妈？你是想捂死我啊？"祁顺顺一觉醒来，发现顾顺妮哪里是消失了，自己的嘴巴正被顾顺妮牢牢控制住呢！死命打掉顾顺妮的手，不及大口倒气就大呼小叫，梦魇的恐惧整个转嫁到了顾顺妮头上。激动处直呼父母名讳，是塘市古早的风俗——就是扩大到汉市，扩大到江市、海市，扩大到地球和宇宙，也是这个道道。兔子急了还咬人呢，何况是炮仗脾气的祁顺顺。一点就着是祁家家传，传到祁顺顺头上连本带利蹿天高，祁顺顺脾气上来连祁良稚都要让三分。可祁顺顺有个软肋，对路大卫，她从来是低眉顺眼、低声下气，一直是在祁天岸家做保姆时面对相跟着祁愿上家吃饭的路大卫的眉眼脾性，带着刻意的讨好和唯恐踩着路大卫尾巴的谨小慎微。

祁顺顺对路大卫这么赔着小心是有说道的：祁顺顺这段姻缘得来得并不怎么光彩。确切地说，她是端了东家大小姐祁愿的锅，从祁愿的虎口里拔牙，生生上演了丫鬟上位记。当然了，光凭祁顺顺，是断拔不了这虎牙的，不光抢不了祁愿的人，连动一下这个念头，祁顺顺都有平地里起了八级地震或者祁家祖坟被刨了的幻灭感。毕竟，除了买菜每天揩个十块八块的油水，祁顺顺也是个本分人——哪家的保姆不活泛一下脑袋瓜子，从主家的宝山里顺个金疙瘩银锭子？这事是从祁愿第二回带路大卫回家起的头。那天一早章筠珊格外殷勤，祁天岸还靠着床头喝他雷打不动的床前第一道茶，章筠珊早收拾停当，手里挥舞着鸡毛掸子，直接掠过祁天岸面前的茶案，往他的上臂处拂了两拂："唉，老祁啊，这回路大卫来咱家，你可别再甩脸子了啊！我看哪，事不过三，祁愿也就是跟我对着干，我越反对什么她偏要来什么，打小就这样。不过呢，我算是看穿了，哼，路大卫来咱家这第二回也就到头喽！"祁天岸不动声色，长长地吸了一口紫砂茶盏中的茶，发出"嘘"的一声长长的尾音，满足地搭腔："你是又要做什么戏法了吧？注意分寸，别让人看轻了。""站着说话不腰疼！你就等着看戏吧！"章筠珊不满地觑了觑祁天岸，祁天岸看她一眼就了然于胸了，可这嘴该拌还得拌："我没站着，我坐着！"章筠珊办事什么时候露过马脚？什么时候失过分寸？

　　章筠珊的分寸是在递给祁顺顺一杯酒的时候失去的。这一日按例是招呼大客的规格，章筠珊只有在此时才会亲自出马盘弄一桌好菜。章筠珊做的菜那个精美，就是工艺品，要色有色，要形有形，要款有款，还有故事，还有说道，但凡章筠珊开了金口讲讲一道菜背后的典故，总要蘸点历史的盐，蘸一点文化的醋，搽几抹名人的脂粉，祁顺顺感觉教授的水平也不过如此。祁顺顺感叹说做八辈子保姆也学不会。确实如此，别说八辈子，就是生生世世做保姆，祁顺顺也摸不到章筠珊的围裙角——生生世世的保姆命，怎么跟主母比？忙里忙外帮厨的祁顺顺想不到章筠珊会来这一出，她着急忙慌地在围裙上擦了把手，作势就要伸手去接高脚杯，手指刚接触到草绿色的杯梗，中指上套着的金戒指与水晶相触，撞出"铮"的一声，祁顺顺的反应不是顺应人的天性察看红酒杯，也不是与章筠珊对望，而是翘首望向餐桌上端坐着的祁愿。章筠珊的反应与祁顺顺如出一辙，也是不错眼地盯牢祁愿，希望从她的眼睛和面容里发现一点情绪异动的蛛丝马迹，却并无所获。

晚饭吃得过于热情，祁天岸喜欢小酌，路大卫酒量好，又加上章筠珊好客相劝，一杯杯红酒往喉咙里灌，再善饮，持续牛饮也有到顶的时候，眼看路大卫眼神已经发飘，祁愿却率先醉倒了——她不过才喝到平时酒量的一半。路大卫是怎么醉倒的，又是怎么摸到保姆房里去睡的，路大卫事后怎么回忆都没有头绪。路大卫是被祁愿的惨叫声惊醒的。他只觉左臂发麻，还痒酥酥的，入眼的是一个陌生女人醉色俨然却也还算耐看的脸，细细的鼻息，不长的青丝，拱得路大卫头皮发麻。怎么解释呢？祁顺顺和衣睡在自己精光的臂弯里。如果解释有用，世界上还会有误会吗？那么，如何自证清白，也就是说，尽管不成体统，他没有侵犯祁家保姆，祁顺顺还是清白之身，他的私德尽管有瑕疵，却也不至于污如墨染；退一步讲，即使两人在不清醒状态下做出了不要脸的事，肌肤相亲，呼吸相闻，只要没有发生实质性的身体关系，一切都还可以生推硬赖给那几瓶红酒。可是，有办法自证吗？两难了，没法证实，也没法证伪。

打破骑虎难下局面的是一通电话。那通吉涧清打给祁愿的工作电话是大水没顶之时的救命绳，是刺穿死寂黑夜的一声清亮的犬吠、一道冷冽的光。"涧清，你别说话。我想见你，你开车来接我，赶紧，立马，现在！"祁愿向来对吉涧清爱答不理，此时屏幕上显示的那三个字如此有魔力，像是一个张着大口的黑洞，祁愿只想自己赶紧被吸进黑洞里，逃离这该死的狗屁爱情。挂了电话，祁愿才发现冷汗顺着脊柱流到股沟里去了，沁入骨髓的冷。吉涧清也好不到哪儿去，他本来是打电话问责祁愿，孰料天降大喜，一个叫爱情的馅饼结结实实地砸到他头上，把他砸得七荤八素。他控制不住地颤抖，车被他开得七弯八拐，接到祁愿，祁愿张开翅膀，一个俯冲，把吉涧清扑倒在车前盖上。"去哪？"两人发抖的症状轻微缓解之后，吉涧清发问。"我是你的，你想带我去哪我就去哪。"一句告白差点说得吉涧清又要筛糠了。一路上，祁愿半个身子的重量倚在吉涧清的右臂上。祁愿哪里有心思顾盼吉涧清的大平层，事前必彻底清洁的她容不得任何事情冲撞离弦之箭的走向，她以赴死的心把自己交给吉涧清。和在路上开车相比，吉涧清发抖的症状没有好多少，两人就这么抖着解决了第一次。然后是不那么抖的第二次。然后就是扯证，洞房之夜，吉涧清烂醉如泥，祁愿如何抢救，终究没能完成他们之间的第三次。祁愿是学渣，好歹记得几句中学语文课文，她记得那句老话说，一鼓作气，再而衰，三而竭，不禁叹了一声："古人诚不我欺也！"太有才了，几千年前就预料到了我祁愿今晚的命。

一场酒办到这个局面，搁古代，鸿门宴之后就没刘邦什么事了。一石三鸟甚至是两只手都数不过的鸟：祁愿抓奸抓现行，还没怎么着呢，就在自己家，多喝了几杯迷汤，就赤身裸体和保姆搞到一起去了，是可忍孰不可忍！做得了初一还愁做不了十五？祁愿一气之下爬上了吉涧清的床，多好！她的顶头上司，搞事业也有指望了，人有豪车大房子，日子过得吱哇冒油。路大卫一个快递员，有事没事还要写几笔酸文假醋的，那玩意能卖钱还是能当饭吃啊？你说说，快递员！说出去不怕丢了祖宗八辈的脸！养儿防老，望女成龙，结果养出个心甘情愿倒贴给快递员的女儿，你说说！现在好了，祁愿和吉涧清把婚这么一结，彻底断了路大卫的后路，绝了路大卫的幻想，现在只需要再烧一把火，让祁顺顺顺顺当当地嫁给路大卫，掐死祁愿可能残存的侥幸心理，就算真的万事大吉了，成功棒打鸳鸯，将路大卫从祁愿的生命中彻底剥离。

说干就干，章筠珊张罗着祁顺顺"回家"吃个便饭，说是便饭，章筠珊冷八碗热八碗准备了满满一桌，就差最后一道功夫鱼了。祁顺顺择洗好大蒜苗，递到案板上，章筠珊三两下切成等长的菱形，只要往已经彻底收好汁的鱼锅里一扔，就可以出锅了。车轱辘话也说了几遍了，章筠珊准备在扔蒜苗的那一瞬来个雷霆一击，和盘托出命题：嫁给路大卫，为什么要嫁给路大卫以及怎样嫁给路大卫，附带传授一下战略和技战术。章筠珊正待开腔，被祁顺顺抢了先。祁顺顺开腔的一瞬间，章筠珊才意识到，原来祁顺顺也在憋着忍着就等这一刻。"章老师，我害喜了。"祁顺顺说完偏了偏头，面颊上陡然堆出的一圈红晕正对着章筠珊发白的脸。章筠珊在肚子里滚得热锅热灶的一箩筐说词一下子给晾在那儿了，她只听到自己心里一直擎着的钹啊磬啊桡啊齐声落地，"喊里哐啷"乱作一片，"嗡嗡"的回音过后，很快复归死寂。

祁顺顺的喜是怎么害上的，她能告诉章筠珊实话吗？别说章筠珊了，就算是对自己的亲妈顾顺妮，她也不可能吐半个字。她能说是祁愿办婚宴那夜路大卫喝得半死不活，醒过一点酒劲就强要了自己吗？路大卫的劲是真大，怎么推都推不动，既然推不动，祁顺顺就遂了路大卫的意，不再板来板去，路大卫迎来，她就送去。后来掐算精子穿山越岭命中卵子并成功着床的时间，刚好就是这一天——也不可能有别的日子，那次之后直到出现严重的孕吐反应，路大卫正眼都不瞧祁顺顺一下。越是这样，祁顺顺越是低眉顺目，她心说："这是我的命，也是你的命，有你服我周的那天。"不服周是汉市土话，据称起于楚国在商周之争的态度上，尤其引出周怨愤、凉薄于楚，楚"不服周"的孽缘。祁顺顺算准了路大卫总有一天会服周，和路大卫会臊眉耷眼、反过来跪舔她差不多的意思。

　　如果不是事情起了变化，祁顺顺还是有望等到路大卫服她周的一天的。一次不成功的性生活却成功地让祁顺顺怀了孕，这让祁顺顺大喜过望。路大卫不是没有摇摆，他背靠着出租屋小小的窗格，猛吸一口气，狠劲上来，两口抽完一根烟，扭过身子向窗外望去。往常，他抽上这么一根烟，看向窗外，祁愿准能弹跳着出现在窗格子外面递过来粲然一笑。是的，和路大卫在一起，祁愿走路带弹簧，一漾一漾地。这一抽一望为什么总能带来一现身？没法解释。因为准到都有点神秘主义了，路大卫就尽量少用一抽一望这条流水线动作，怕用多了哪天不灵了。这不，他发狠地动用了一抽一望，一现身的结果却没有发生。生活中终究没有玄学，往大里说是吸引力法则，往小里说是幸存者偏差，拿筛子打比方，路大卫的注意力筛子自动筛掉他抽烟张望之后祁愿并没有出现的那些记忆，留下的是祁愿"刚好"跃入画面的记忆。哦，祁愿已经成了吉夫人，换在香港澳门，她得改称为吉祁愿。

集齐一百张卡片就能召唤神兽吗？路大卫被自己无厘头的联想逗笑了。祁愿再也不会现身了。和祁顺顺修成正果？路大卫一百个不甘心。可再不甘心，祁顺顺的肚子也是肚子，祁顺顺的清白也是清白，眼瞅着祁顺顺的肚皮一天天隆起，路大卫只能做出选择。给说法给名分都行，可要敲锣打鼓八抬大轿昭告天下，路大卫做不到。祁良稚知道路大卫不打算给祁顺顺婚礼，嘴里骂骂咧咧："一个送快递的有什么好抖的？"在祁良稚心里，祁顺顺挑谁不好，偏挑个快递员。闺女啊，这辈子你算是给搭进去了，这些话他没法说，心火还得心药医。前天安连夜进汉市，隔天一早捶开路大卫的门，差一点就把路大卫的出租屋给拆了。折腾一通，祁良稚也累了，也想开了，祁顺顺纵有千般好，肚子搞大了，也就没那么好了，搞毛了路大卫狠狠心给退货了，就不好收场了。祁良稚是肚子里能跑马的人，利害关系一捋顺，马上变了一副脸，给了路大卫一巴掌，抬起屁股就往外走："你自己收拾利索啊！走，吃饭去，哪家最好吃最贵你请我吃哪家。我养了小三十年的闺女，不能这便宜你了！"祁良稚闹腾不过是为了一张脸。祁良稚是祁家最大的脸，路大卫请了一顿好饭，祁家的脸就算找补回了。"祁顺顺呢我就先领回家安胎，你们年轻人火力旺，回头不注意把肚子里的小玩意给折腾没了，我真饶不了你！"一番话说得路大卫的脸从耳朵红到后脖子。这是当爹的该说的吗？

三五不时总有人吃饱撑地争论人性本善还是人性本恶。经过这么一出闹剧，路大卫觉得自己是不是一不小心穿越到一部狗血淋头的电影里去了。还不是一般的电影，得是 20 世纪 80 年代大名鼎鼎的著名导演，德艺双馨的那种，为了捍卫艺术的尊严，悍然挑战自己的尊严，一个猛子扎进年轻人感兴趣的题材里，剧情比偶像剧还狗血，大半辈子辛苦得的好感一马勺给折进料槽里去了。路大卫有了新发现，人性哪里是本善本恶，人性本贱。祁顺顺哪怕是剥成一颗去了蛋壳的煮鸡蛋在路大卫眼前晃悠，路大卫也跟见了馊猪肉似的，断无半点食用的胃口。祁顺顺这一跑回老家待产，路大卫脐下三寸的邪火偏偏烧得不依不饶，祁顺顺被生活无情抹除了曲线的一身肉竟莫名地生出了诱惑的魔力。

要说路大卫真不容易，欲望的巨兽苏醒了而枕边空虚不说，已经持续更新了几个月的网络小说《时光快递》日更不及，部分极端粉丝因爱生恨，联合成立了一个"《时光快递》不买团"，不光自己不付费，还号召全网抵制，不光抵制《时光快递》，汹汹怒火还烧到了连载《时光快递》的平台。路大卫看出倒戈的这部分粉丝的司马昭之心，他们知道一篇网文和一个平台的风评放在一个天平上，两害相权取其轻，平台多半会选择舍弃《时光快递》保住其他所有网文，从而实现对路大卫的倒逼：要么死，要么速度日更。路大卫不是不更，是和没理由到来的邪火一样，没理由地遭遇了创作瓶颈，卡壳了。

一个叫公主本公的 ID 成功引起了路大卫的注意——她接过路大卫卡壳的段落，续写了下去，尽管只有短短两千字，却看得路大卫心惊肉跳。这个公主本公的才华和编故事的能力远在自己之上。不仅如此，看得出来，尽管她是第一次跟帖，却一直在追更，如果不是对自己笔下的人物了解到一定程度，是不可能编出那样高质量的续作的。因为路大卫摒弃了传统的线性人物结构，采用的是网状结构，人物之间的命运相互嵌套咬合。老话说汉市蝴蝶的一次振翅，扇动起太平洋的飓风，路大卫笔下的某个人物一个头疼脑热，整个故事结构就会发生链式反应。公主本公就是揪住了路大卫的男一号"路边摊"伤害前女友们成瘾，量变质变，突然兴味索然，横刺里插入了初恋"辣椒不加辣"与"路边摊"的一次约会，生生扭转了整篇网文，把主角写到无故事可讲的颓势。

初恋是个好东西，路大卫冷哼一声，跨上摩托，就接了一个叫蛤蜊拌韭菜的人的单子。路大卫被这个昵称给呛了一口：蛤蜊是好东西，韭菜也是好东西，可是硬要把这两个好东西捏咕到一块儿，就不是个东西了。是以路大卫接到店家炒出的菜品时犯了职业大忌——他骑到一个暗角，打开了塑料餐盒，乖乖，餐盒里面躺着的还真的是蛤蜊拌韭菜。原来是一道凉菜，焯水之后用朝天椒和辣根拌匀。一张脸没来由地浮现到路大卫脸前，可不是嘛，朝天椒和辣根拌蛤蜊与韭菜是祁愿的最爱。只不过她是要么拌蛤蜊，要么拌韭菜，还真没见过她把这两样拌到一起过。

念头一到祁愿，路大卫两侧太阳穴处的血管就跳得老高。血管为什么而跳？为章筠珊设局把自己给套牢在祁顺顺的床上，为祁愿不问青红皂白就把自己给捐给了她横竖看不上的叭儿狗吉涧清的床上。吉涧清的床大吗？应该是大的，怎么说也是汉市月入五位数的精英阶层，住大平层，房子大，不会不购置大床。一想到祁愿被别人而不是自己摔在比自己家的床还要大几码的床上，路大卫眉心的火就"腾"的一下蹿了起来。他甩了甩头，把这些不愉快一股脑甩到呜呜怪叫的摩托车后。摩托车有年头了，还是毕业之后，祁愿正式把自己彻底交给路大卫的那天，路大卫喜极而泣，三步并两步跑去摩托车行咬牙买下的。豪掷近万金，花光了他勤工俭学攒到的所有积蓄。以至于那一段的记忆几乎就是他开车载祁愿到幕阜山余脉兜风，待日薄西山，游人尽散，落霞与孤鹜作证，秋水共长天为媒，祁愿与路大卫天地为床的样子仿若双双骑着幕阜山余脉，一前一后放牧渐次亮起的星群和渐次隐入夜鸟翼下的群山。

门外响起急促的脚步声，接着是外卖 App 的提示音。吉涧清的直觉如此奇诡，他敏锐地感觉到来人不是别人，正是路大卫。他不知道祁愿是从何时起又和路大卫搞到了一起的。

地板上祁愿的手机屏亮了，骑手发来一条信息，又一条信息。

"蛤蜊拌韭菜小姐，我猜你是女孩吧？我的前女友也喜欢吃蛤蜊和韭菜，和你一样，喜欢拌着朝天椒和辣根吃。对了，我听到你房间里有动静，你没事吧？如果有事你一定告诉我，我可以帮你打 110。"

"本来不该对你说这事，但我忍不住，就在我给你送这单外卖的时候，我老婆生了一个大胖小子。我太开心了，我必须与你分享。我太幸运了！希望你也能分享到我的幸运。对了，我特意买了一瓶百事可乐送给你。这菜辣，我前女友喜欢边吃边喝百事可乐解辣，你也可以试试。祝你百事可乐！"

发完信息，路大卫发现自己的坐骑不见了。他在心里骂了一句娘，又赶紧啐了三口："呸呸呸！我是做爹的人了，以后说话得注意了。谁说车丢了就不是好事呢？"他决定提前让自己下班。他抬起左脚，身体前倾，又提起右脚，双手夸张摆动，含泪奔跑在汉市暮色四合的街上。

在镜子那边

　　这是一处老房子。一个院落，四进房，算起来约莫有二十几家住户。住在这个院子里的人天南地北的都有，就是没有本地人。天擦黑，各家的门就都关严了。院子里不成文的规矩是谁也不搭理谁。偶尔有人错迈进了院门，大着胆子撩开谁家的门帘，"梆梆梆，梆梆梆"横敲竖敲几下门，门是不会打开的。他若是胆子再大一丁点，好奇心再大一丁点，伸手推一下门——出手轻了！门纹丝不动。他长吸一口气——摸摸肚子，气不够足！再长长地吸了一口气——这回肚子吸饱溜圆了。他在手上加了力——一不留神，手重了点。门，"吱嘎"，开了！门没拴！"吱嘎"！

　　听说，他当天夜里没出这家门。

　　进了这处院落，也大胆进了哪家门的，都是这个结局。

　　房子里发生了什么？谁也不知道。院子里各家不管各家的事，东家的眼睛看不见西家的长短——想看，也看不见！再说，谁关心谁呀！你要是有兴趣，可以蹑进院子，尖着耳朵，趴在这家门上细细听——可别碰门！

千万别碰！要是不幸万一碰响了门也别用力！要是万一用力了呢？你自己看着办！

现在，你没碰开门，你侧耳倾听，血液倒流，都供给听觉神经了——一丝响动也没有。没有人对话。没有人自言自语。没有人低声哭泣。没有人呼吸。冷汗从你的脚指头出发，爬过你的脚脖子，攀上你的膝盖，停在你的腰眼，歇了口气。它幽幽叹了口气——你明明感觉到！你还感觉它摇了摇头！它继续往上爬，升到你的胳肢窝！待在肩头！它想了想，还是一路进发，顺着你的脖子，翻过头顶！"啪嗒"，它们中的一颗或者两颗，打中你的嘴巴！

"啊！"谁在惨叫？谁在惨叫？你想大声质问，却不敢出声！可是耳朵听得分明，有人在惨叫！你一个趔趄——撞开了门！啊，你灵魂出窍！你后悔自己不该没来由地好奇，怎样不好，非得有该死的好奇心！非得来听什么鬼声音！你恨不得按一下"撤销"，或者干脆关机。

想没想过键盘可能没法操作？关机键不听使唤？你点点头，确实有这可能。呵呵，再说了，现实就是现实，不是游戏，不是电脑，迈出步子就是迈出步子了，没法撤销！再迈回来？再迈回来得另算：你快得越过时间的肩头——也得另算——那可是另外的步子。你撒腿就撒，心早推开院门疯跑回家了——腿可还在院子里！在那扇门前——你，纹丝不动！你大叫："啊！"

"妙呀……美呀……夜呀……"冷汗"嗖"从脚底一蹦就蹦到了头皮——你都不知道害怕为何物了，死在了过去……院子里静悄悄的，就此声息全无……

　　"后来呢？后来怎么了？"你迫不及待，想知道谜底。后来呀，后来你没了，我告诉你你也听不见呀。啊，你是人是鬼！

　　"啊！"别担心，这声惨叫是我的。你当然没死——你的好奇心才不会那么强呢！再说，你还在这儿听我讲故事呢！那天晚上你没去，不过还是有人去了。是一个男孩，和你差不多大。他被自己的惨叫声吓得昏死过去了！他为什么会发出惨叫声呢？他听到了屋顶上的歌声："妙呀……美呀……夜呀……"那么美妙的歌声，从屋顶上飘落下来，像一朵花，开在他的耳朵上。

　　那是深夜，天上停着圆嘟嘟的月亮。奇怪，这天晚上的月亮格外大，他顺着歌声来的方向望过去——歌声是从一个黑衣人嘴里发出来的。月亮刚好衬在黑衣人背后！这使他相信她肯定不是鬼！

　　为什么是"她"而不是"他"呢？不知道，反正他很肯定黑衣人是女孩子，肯定还是个可爱美丽的小姐姐。他看不见"她"的脸，但他敢肯定——"她"的歌那么好听！"妙呀……美呀……夜呀……""小姐姐"的歌却只是重复这几句，回肠荡气地，听得他入了迷。阿西感到很难为情：一个小姐姐的歌声就把自己吓成那样！还口口声声拍胸脯说自己是男子汉呢！羞不羞？

　　"阿西，你上来呀！"果然是女孩子。她和阿西说话了呢。

　　阿西很高兴："你怎么知道我的名字呀？"

"阿西，你上来呀！"小姐姐却不回答阿西的问题，好像翻来覆去只会唱一句歌，只会说一句话。

"你怎么不回答我呀？你叫什么名字呢？"阿西很纳闷，不过能和小姐姐说上话，还是很愉快——看来她愿意和自己做朋友呢！

"阿西，你上来呀！"

哦，原来是一句话姐姐。换作别人，阿西早挤兑两句："你脑子进水了？"阿西也不知道自己为什么对这个小姐姐这么客气："我上不去呀！你下来呀！"这是事实，阿西又没长翅膀。

"阿西，你上来呀！"小姐姐还是只有一句话。

"你下来呀！"阿西邀请说。

"你上来呀！"看来小姐姐真的只会说一句话，不重复阿西的名字——就算作第二句话吧。

"你下来呀！"

"你上来呀！"

"你下来呀！"

小姐姐和阿西像玩丢手绢，你扔过来我丢过去，阿西感觉蛮有意思，小姐姐都是大人了，还贪玩得不得了，还像小孩子一样不通情理，总跟自己较劲。我是小孩子，你该让着我呀，阿西在心里说。小姐姐沉默了好一会儿，像有什么心事。

阿西咯咯笑起来，人长得美可不能当饭吃啊，瞧她美的，可不怎么干脆！"你下来呀！"阿西"鼓励"小姐姐。

"嗯……"小姐姐欲言又止。

"咯咯咯！咯咯咯！"阿西笑翻了天，"你倒是有话直说呀！别吞吞吐吐好不好！"

"当心！你背后有人！"

阿西吓了一大跳！闭了好一会儿眼，才眯开一条缝，小心翼翼地回过头——什么呀，人影也见不着！"哈哈哈！"阿西把天笑开了一个大窟窿，"你骗我的呀！"

"没！没！我没骗你！真有个人！他还在你背后！"

阿西这回胆子大了些，小姐姐话音没落，他就猛地扭过头——还是什么也没有！

"他躺在地上呢！"小姐姐见阿西一点不开悟，蹦跶着指指点点。

阿西顺着小姐姐的手指望过去——自己脚下真的躺着一个"人"！"哈，什么呀，那是我的影子！"阿西这下可乐坏了！这个小姐姐可真会开玩笑呀！拿影子吓人！"你下来呀！"阿西想起自己是想小姐姐下来陪自己玩儿来着，重新可着劲儿邀请。

"你上来呀！"

"你下来呀！"

又走上老路了！

这回小姐姐似乎吸了一口气，下了一个决心似的。

"你下来呀！"阿西不耐烦了。这人怎么这样，嘴皮磨破了，可就是不挪窝！不和我玩，直说好啦！出于礼貌，阿西想最后邀请一次，小姐姐要是还不给面子，就算拉倒！"你下来呀！"

"好！我下去你别怕啊！"小姐姐这回倒是干脆，阿西话音刚落，她的话也说完了！笑话，我怕什么呀！高兴还来不及呢！阿西心上乐开了花，嘴里只说："下来吧！"

"扑通！"阿西不省人事……

"阿西怎么了？"

"小姐姐呢？小姐姐不是要从屋顶上往下跳吗？后来呢？"

瞧，你急了吧！你还会问，那"扑通"声是谁发出来的呀？小姐姐跳下屋顶的声音？不对。阿西摔倒的声音？不对。那可奇了！

你答对了三分之二。小姐姐从屋顶上跳了下来，"扑通"栽在地上，一动不动。阿西急坏了，连滚带爬，奔到小姐姐身边："你怎么了？没摔坏吧？"阿西推推小姐姐的肩，软软的，像是摔脱臼了。阿西使了很大劲，把小姐姐翻过身——只是想象。阿西吓了一跳，他只用了一点劲，小姐姐就仰面朝天了。

"啊！"谁？谁？是阿西在惨叫吗？当然不是，是你！瞧你吓的！阿西可没叫！阿西惊呆了，半天晃不过神来——地上只有一件黑衣！奇怪的是黑衣被风鼓得满满的。原来？原来！原来我一直都在跟一件衣服对话！原来小姐姐就是这件黑衣！天啊！"啊！"这回是阿西在惨叫了。"扑通"，阿西跌坐在黑衣上——睡着了。

小姐姐"扑通"！阿西"扑通"！"扑通"的三分之二出现了，那剩下的三分之一呢？肯定不会长脚逃走——那第三声"扑通"是神秘人发出来的。你记得阿西是听故事听得入了迷，才钻进神秘院落，跟踪误入神秘房间再也没有出来的"神秘人"的。"神秘人"其实不神秘，他也是按捺不住好奇，蹑手蹑脚溜进院落，敲门又敲重了，才出事的。

其实也不知道出没出事——阿西贴着门听了老半天，也没听出什么名堂。一个人的呼吸声都没有！"不见人呼吸，鬼呼吸呢？"你抛出这么个大问号，砸得我心里震了一下。这青天白日的，哪里有鬼呀！"那晚上呢？阿西是在晚上……"瞧，你又急忙支开了招。晚上自然也没有鬼。世上哪有鬼呢？

不信，你回头——"啊！"别激动，那是你的漂亮老妈以及你的小影子和亭亭玉立的老妈的苗条影子。鬼是不存在的，相信我。哪怕你老妈咧着嘴吐着长舌头扮鬼，你也别相信。"那——我相信什么又别信什么呢？"你比猴子还急。当然是相信世上没鬼别信世上有鬼啦。

阿西也不信。可惜阿西在哪呢？阿西"扑通"一声跌倒，睡着了。阿西再醒过来，太阳已经冒出头了。太阳伸出几根触角，把阿西的屁股当球踢。"咕咚，咕咚！"踢得阿西的屁股滚烫。"唧唧呱，唧唧呱——"院子里的神秘人都起床了，咣当开门，咣当抬脚，咣当出门。

"早！""早！"奇怪，院子里的人都像模像样地打招呼，怎么像天地倒了个儿！"唧唧呱，唧唧呱！"话多得人耳朵长茧。"昨晚也不知道怎么搞的，老有人在房顶唱歌！""咯噔"，阿西眼睛也来不及揉，掰开粘在一起的眼皮：是昨晚走失的神秘人！他倒还嘀咕开了！不说因为他，自己才跑到这院子里来！咦，怎么回事？我替他担着天大的忧，他怎么若无其事似的，倒像是谁都认识似的，谁见了都和他打招呼！阿西怎么也想不通、理不顺。这可真是一个怪人集中营！怪事遍地都是！

"阿西，我的儿啊！回家吧，妈再不打你屁股了！"一个女人的声音凄凄惨惨，挤进阿西耳朵，阿西纳闷坏了：我不就是阿西吗？难道，她儿子和我重名？阿西循声回头，那个阿西的妈妈正在他背后抹眼泪。阿西很同情这个儿子与自己同名的妈妈，很想找话头安慰安慰她，却实在想不出什么。

"这人，哪来的儿子！肚子像怀了孕，多少年了，都没见生！"一个头皮刮得锃亮的大伯咋咋呼呼地嚷嚷，也不怕人听了难为情。"她这病啊，有年头喽！"一个头发花白的白胡子老头有板有眼地演说。以他的年纪，倒像是经风历雨过，说这话也够资格。没有人再说什么了，大伙的消失和出现一样快——像受监禁的人出来放风一样，没几分钟，就都走进各家的门。

"咣当当！"各户的门像是约好了，一二三，四五六，你家关了我家才关，我家关了他家马上关。院子里旋即安静下来。"阿西"的妈妈还在"阿西啊""儿子啊"地叫。奇怪，刚才她还腆着个大肚子，怎么现在又变得少女一样苗条了？

"嗨！""阿西"妈妈冲阿西挤眉弄眼，手里挥舞着一根树枝，不时伸进衣裳底下，撑起衣裳，腰身就又变得圆滚了。"我？"阿西指指自己，又指指"阿西"妈妈，"你是给我打招呼吗？""阿西"妈妈点点头。

你是鬼吗？阿西在心里说，不敢说出口。

"当然不是，你摸摸我的袖子……""阿西"妈妈像猜到了，和阿西心里说的话对上了呢。

阿西小心地伸手去摸——袖子空荡荡的！

"啊！你是——你是——"

"阿西"妈妈点了点头："对，我是。"啊，她竟然不打自招了！

"你是鬼！？"阿西试探着问，一只手按着胸脯，不让小心脏敲小鼓。

"什么呀！我是你妈妈呀！""阿西"妈妈伸过一只袖子，要抚摸阿西的脑袋。

"啊！"像火烧着了屁股，阿西闪躲到一边，"你是，你是鬼！你没有手，妈妈说鬼都是没有手的！"阿西不争气的眼泪蛋子骨碌碌往地上滚，他还记得"阿西"妈妈空荡荡的袖子，现在两只袖子摇摆得欢呢。

有两颗泪蛋子滚到"阿西"妈妈衣襟上，她很珍惜地托起来，用舌尖尝了尝："阿西，是我的宝贝阿西！我熟悉这味道！""阿西"妈妈像个孩子，抽抽搭搭起来。

阿西很过意不去，终于想起怎么安慰她了："你很疼阿西吧？"

"当然啦！妈妈可疼你了阿西！"很显然"阿西"妈妈借坡下驴，顺着阿西的话替阿西"认妈"。

阿西不爽，心想你想你家阿西，别拿我也当他呀！"可是，可是，我有妈妈呀！"阿西很委屈。

"对呀！阿西你当然有妈妈！"看来她真是装傻，阿西很不乐意，想离开"阿西"妈妈，回到自己妈妈身边去。可是想来想去，阿西竟然忘了怎样回家！

"我怎么到这里来的呢？"阿西也想不明白。他只记得是听着故事忍不住好奇，来到这个院子。糟糕的是，他努力回想妈妈的样子，却发现已经记不起来了！

"阿西乖！我是妈妈呀！""阿西"妈妈凑过脸。阿西这回不怎么讨厌她跟自己腻乎了，但还是没法接受她就是自己的妈妈。

"他们说你有病，说你没生过儿子！"阿西微微得意，想到了怎样戳穿她的谎话。

"傻儿子，怎么能听他们的！他们是嫉妒我疼你！""阿西"妈妈振振有词，阿西想了想，也没找出破绽。

"那你怎么证明你是我妈妈？"阿西想将她一军，让她下不来台。他得意地挺着胸脯，等着这个想做自己妈妈的"阿西"妈妈出洋相。

"哈哈！这可难不倒我！我是你妈妈呀！"没想到"阿西"妈妈倒是乐得捧着心口。

阿西心里一动：虽然忘了妈妈的样子，可是记得妈妈这个神态，只要一高兴，她准会捧着心口！难道她真是妈妈？阿西有些心动了："你有什么证据吗？"阿西还是决定要考考"妈妈"。他现在只记得妈妈一句话：别轻易相信陌生人。

"我是陌生人吗？""妈妈"仿佛看穿了阿西的心思，两只眼睛笑成两弯倒着的月牙——又是妈妈的神态！

"不要啊阿西！千万不要鲁莽认妈妈呀！"你恨不得跳进神秘院落，叫醒阿西。可是，你跳不进去。阿西也出不来。

"妈妈！"阿西几乎都要喊出口了，又赶紧憋住——这些都不能算！得拿出铁的事实才作数！阿西决定，"妈妈"不拿出铁证，这个妈妈就不认！阿西看见"妈妈"眼里涌出了泪花。

"你屁股右边有一颗黑痣，指甲盖大，出世就有，是胎记！"阿西赶紧捂住屁股，很不好意思——其实屁股包在裤子里，谁也看不见。

"你左屁股有一个手掌印，是我打的！"真是妈妈！"还疼吗阿西？"妈妈眉毛蹙到一块儿，眼泪在眼眶里转了几圈，还是啪嗒滴落下来，掉在阿西的脸蛋上。

阿西发现自己早被妈妈抱进怀里。也许，是自己扑进妈妈怀里的吧。阿西记起自己是挨打后跑出门的。屁股早不疼了，可阿西还有一个疑问："妈妈，你的胳膊怎么啦？"

"咯咯咯！逗你玩的阿西！"妈妈笑得像个小姑娘，花枝乱颤，"傻儿子，妈妈没胳膊怎么抱我家阿西呀！"果然，妈妈的胳膊把阿西抱得紧紧的。那时妈妈的胳膊压根就没套在袖子里呀！真是促狭的妈妈！

"咱们回家吧，爸爸在家等着咱们呢！"爸爸？阿西觉得很陌生。老爸从来没打过阿西，这个阿西是记得的。可是，阿西试着在脑海里拼出老爸的模样，眉毛、胡子、眼睛、鼻子，全混沌，没有一点印象。阿西很过意不去，悄悄地难过：刚才忘记老妈的样子，现在又记不起老爸的模样！

"没关系阿西，爸妈不怪你！"妈妈像看穿了阿西的心思。也难怪，母子连心嘛！"你刚才已经见过爸爸了！"妈妈像考了好成绩回家报喜的孩子，脸上抑制不住那股高兴劲儿。怎么？刚才见过老爸了？阿西偏着头想，又正着头想，还是没个头绪。阿西打开院门——"吱嘎"！

"你要干什么？！"一声怒喝从背后兜头浇下一桶冷水，"砰"，门关上了，严严实实。阿西转过头——一个女人像挂在空气中的衣服一样晃晃荡荡！她没有胳膊！袖子飘来摆去！散着头发，遮住脸庞，直垂到膝盖！阿西以为自己眼花了，揉了揉，又掐了掐自己的胳膊，疼得龇牙咧嘴——难道自己真眼花了？

阿西看到的是妈妈，妈妈像模像样地冲阿西笑，一双月牙儿又横在脸上："想什么呢阿西？忘了家在哪了？走这边！"妈妈过来牵着阿西，径自往院子里走！阿西张大着嘴巴，近了，近了！妈妈似乎进的是昨晚自己偷听过动静的房间！

"剥叽"，门开了。"咕咚"，门关上了。"怎么不开灯妈妈？我怕！"阿西瑟缩着，脖子那里凉飕飕的。

"怕什么！男孩子家有脸说这话！"说话的是一个男人，很低沉的声音——像昨夜消失在这间房子里的那个人！白天见过面，高高瘦瘦，走起路脚板擦着地，身子纹丝不动，像一块木板直挺挺地移动。现在，那声音擦着地板，骨碌碌，滚动到阿西脚边！

阿西条件反射，踢了一脚——"扑哧"，那声音弹了回去，像扎了针的气球，沙哑了。呛进那男人喉咙里去了。阿西知道自己闯了祸——妈妈说的，那人是爸爸！阿西等着被训斥或者毒打。等了好久，一点反应没有。阿西像昨晚一样竖起耳朵，听了好一会儿——墙角传来嘤嘤的啜泣声。阿西提着胆子，蹑脚，踱了过去——"别碰我！"

"啊！"阿西一声惊叫！手里，摸到一个毛乎乎的脑袋！那脑袋瑟瑟发抖。"别伤害我！求求你！"像那男人的声音，又像妈妈的。

"妈妈，是你吗？"阿西的手嗖地缩回，紧紧蜷在胸间。阿西又问了几遍，声音在墙壁上弹了几弹，落到地上，又滚了几滚，阿西害怕它会弹回来钻进肚子里，赶忙咬紧牙关，再不敢出声。声音自己消了气。阿西再听，却没听到一丝气息，只有自己的鼻息在黑暗中小心翼翼地扇动一双小翅膀。阿西试着贴住墙根，绕着房子摸了一遍，这回什么也没摸着。

妈妈在和自己捉迷藏吗？阿西很怕。阿西屏住呼吸，往上提着门把手，不让发出一点声音，悄悄拉开了门——门口，放着一双鞋，一滴血滑了下来，落在阿西脚边……

阿西闭紧双眼，迈了一步，又一步，一连迈了五步，回头一看：那双鞋子不见了！嘘——阿西长长地吐了口气。低下头——"啊！"鞋子血淋淋的，就在阿西脚下！瞧你，别咋咋呼呼的！吓着阿西怎么办？阿西低下头，脚边也没有！阿西嘻嘻笑了笑，很开心。从昨夜到刚才，像经历了一场梦，阿西多么想甩开这场梦啊！已经成功逃离了小屋，现在只要逃开这个院子，就可以进入一片新天地了！

可妈妈和爸爸还在小屋里呢！想起爸爸妈妈，阿西就很沮丧。阿西埋怨自己没意思透了，只顾自己开心，不顾老爸老妈死活。阿西想再回到小屋，救出爸爸妈妈一起逃走！阿西被自己这个伟大的想法激动得涨红了脸。阿西后退了两步——"不！"心里有个声音坚决反对！难道受到的惊吓还不够吗？你能保证那两个人就是你的爸爸妈妈吗？即使是他们，你没见他们多恋家啊！怎么会跟着你离开？阿西被那个声音说服了，心里说，爸爸妈妈，不是阿西不救你们，是你们不愿跟我走！

这样想着，阿西觉得为自己的行动找到了充足的理由，心里顿时像装进了整个天地，格外开阔起来。阿西甚至转过脸，瞟了两眼这个神秘的院落：院子里空空荡荡，一个人影也没有。各家门扉紧闭，听不见一点人声。"咕咚"，怎么？停电了？天黑了？阿西摔倒了？墨水瓶碰翻了？阿西的心呀，在跑马。"啊！"阿西的心脏猛往上跳，抵到了喉咙口！

阿西听到了，是谁家有人在喝水！水进入嘴巴，停留在喉管，咽下——天崩地裂！阿西劈手拉开大门闩，没魂了似的——脑袋早奔出老远，腿却还钉在院门口——鞋子，小屋门口那双鞋子！像巨兽嘴里伸出两条舌头，舌头上满是猩红的舌苔。仔细看，是一只只眼睛，狰狞的，媚笑的，流泪的，翻白眼的……"啊！"阿西放弃了努力：怎么逃，鞋子都在脚边！怎么逃，都逃不出层层叠叠的房子！逃出了一间，却在另一间更大的房子里，而门口，就是那双恐怖的鞋！

"阿西你醒醒！"阿西掰开眼皮：红鞋子！"啊！"阿西惊叫。

"啊！""红鞋子"的惊叫和更多的惊叫。

阿西耸着肩，露出一对"驼峰"，从两个"驼峰"之间微微撑开一条羊肠小道，夹在小道间的眼皮挤出绿豆大的缝隙，看到的是桌子、椅子，远处的黑板，远远近近的笑脸，有的攒着关心，也有的堆满嬉笑，"红鞋子"不是那双鞋，她眼睛里汪着一湖暖暖的波光，笑盈盈地看着阿西。

"我在做梦吗？"阿西喃喃自语，也像在问"红鞋子"。

"哈哈哈！"男生、女生哄堂大笑，挤作一团。"你当然在做梦！"一个男生刮着脸皮嘲笑阿西。"红鞋子"显然是他们的头，她拿眼睛扫了他们几眼，就没人再出声了。"你从第一节课睡到最后一节课！""红鞋子"和颜悦色地说，"是不是在家学习太用功了？"

"我是学生吗？"阿西丈二和尚摸不着头脑，"这么说他们是我的同学？"阿西走出校门，怎么也记不起到过这里。该到哪里去呢？回家？家在哪呢？

"阿西！"一位老奶奶过来攀着阿西的肩膀，一只手还捧着一个红苹果，漏风的牙一下一下地刨出一道道沟坎。阿西一脸茫然，她怎么认识我？

"啊，虫子！"阿西尖叫。一只虫子从苹果里探出脑袋，打了一个哈欠，又伸了一个懒腰。

"少见多怪！"老奶奶白了阿西一眼，两根指头拈起又白又胖的虫子往嘴里塞，"当磨牙得了！"那虫子还手舞足蹈地冲阿西抛着媚眼，学着舞台上的明星。"嘎嘣！"虫子碎成两截。

"啊！"阿西惊叫一声——虫子竟然淌出血，熨帖着老奶奶的牙缝！

"老奶奶，血！"阿西"这……""那……"支吾半天，连句完整的话都不会说了。

老奶奶露出眼白给阿西看，阿西倒吸一口凉气，不敢再造次："什么？你叫我什么？我有那么老吗？"老奶奶声嘶力竭。

路人都停住脚步，侧目观看，老奶奶吭哧吭哧喘着粗气。"我是你妈！"老奶奶冷不丁蹦出这么一句。阿西心里结满了冰——妈妈？怎么会？妈妈那么年轻，怎么会一下子变得这么老？"不过，我可以让你叫我奶奶！"老奶奶又诡秘地乜斜着眼睛笑了笑。你到底是我奶奶还是我妈妈？阿西在心里嘀咕着，满心不乐意。

"我是你妈！"阿西觉得很蹊跷：梦里谁都能猜中自己的心事，到了梦外吧，自己的心事别人还是能猜得着！

"你那点小九九！还用猜？"老奶奶"咯咯咯"笑着捧着心口。难道这个满脸老树皮的老奶奶就是自己年轻貌美的妈妈？阿西不敢相信，也不愿相信。

"笑我疯是不是？笑我癫是不是？我养你这么大容易吗？叫我一声妈就不乐意了？"

阿西撇撇嘴，心说不是我不乐意，是你的样子让我乐意不起来。老奶奶嘤嘤哭起来，顺手把眼泪抹在头上："谁都嫌我！连自己的儿子都嫌！算了，我只好打回原形！"真神奇，老奶奶就像魔术师，眼泪抹到哪，哪块的皮肤就变得少女一样光滑，不一会儿，像变了个人似的。

"妈妈！真的是你！"阿西惊喜地扑过去，委屈地啜泣起来，倒像受了天大的委屈。

"肯认妈妈了？"妈妈狡黠地眨巴着长睫毛覆盖着的眼睛。

"当然啦！妈妈本来就是阿西的妈妈嘛！"阿西抽抽搭搭，欢喜得不得了，怕妈妈长翅膀飞了似的，紧紧抱住不放。

"真肯认？"妈妈还问阿西呢。

"当然啦妈妈！阿西再也不让妈妈离开阿西！"阿西瘪瘪嘴，一个小男子汉，儿女情长得活像林妹妹。

"喀喇喇"，阿西听到轻微的皲裂声，怀里的妈妈好像缩水了！仔细瞧瞧，妈妈又变成了干瘪的老奶奶！阿西本能地松开手，毕竟，一下子适应不过来。"妈妈！你再变回来嘛！"阿西央求着妈妈。

"可是我最后一滴眼泪滴干了！"妈妈摊开手，无可奈何地摇摇头，潜台词是再也没法变回原形了。阿西笑了。阿西知道妈妈的泪泉在哪！呵一呵，妈妈保准笑得掉泪！阿西使劲呵妈妈脖子。阿西使更大劲呵妈妈胳肢窝。阿西使最大劲呵妈妈腰眼。

"没用的阿西，人老了，变皮实喽，呵痒不痒喽！"妈妈苦笑着，"妈妈变回原形一天，在世上的日子就减少一年，妈妈倒是愿意美点，你愿意妈妈美吗阿西？"阿西点头，又赶紧拨浪鼓一样摇头："当然不愿意！"

妈妈牵着阿西，走着走着，就进入一片林子，一棵大树上剔下一块皮，刮得光溜溜的，镌着两个字：树村。树村？阿西不解其意。

"咱们村啊！咱家到了！"阿西正想再问，妈妈矮下身子，"啊啊"发出喉音，用手指着喉咙——阿西往里探头，看见一根头发。阿西伸手往外拔，一肘长，两肘长……阿西拔了很久很久，手都发麻了——胳膊上缠着密密匝匝的头发，像绕毛线一样，从妈妈喉咙里扯出的头发是毛线，阿西的胳膊就是线轴。妈妈"嘎嘎"地叫着，试着和阿西说话。

阿西费了好大劲才听清，妈妈是想说找个好天气带阿西去放风筝。阿西忙点头。妈妈说，就用这头发当线吧！多好的头发啊！不做线可惜了！阿西听得头皮麻麻的，觉得妈妈有些不可理喻，怎么听怎么吓人。"嘣"，头发似乎拉到头了，却被什么卡住了。妈妈合上嘴，晃晃脑袋，捏捏脖子，拍拍胸脯："嗯，舒服多了！"

"梆梆梆，梆梆梆"，谁在敲门？阿西问妈妈听见敲门没有，妈妈说没有啊，哪来的敲门声啊？

"可是我分明听见有人敲门！真真切切！"阿西较真了。

"别管那么多了！你耳鸣了阿西！"妈妈似乎不高兴阿西耳朵好。阿西心想，哼，总教育我要热心帮助别人，真碰到了，却不让我去帮！言行严重不一致！

"什么呢？你嘀咕什么呢？"阿西忘了心里话妈妈听得见，果然，妈妈很火，正要发作，敲门声越来越大了——阿西不管不问，妈妈也要管也要问了。

"你确定要出来吗？"妈妈不知道冲谁嚷嚷，气不打一处来。

"唔……"那人嘴里含着个热汤圆似的，一句话说不顺溜。那人意思是当然。

"阿西，搭个手！"妈妈拉回阿西的视线，示意阿西拉动尾部还留在她嘴里的头发。阿西使出吃奶的劲，妈妈一手揉腰抚肚皮，一手给喉咙做按摩。哗啦啦，一个肉球滚了出来！阿西赶忙闪到一旁——还是被砸着了后脚脖子。

"疼吗？"肉球话没说完，一边已经探手替阿西揉后脚跟了。阿西像被苍蝇"吻"了一下，浑身不自在，连退三步，才躲开肉球的热情——肉球站了起来，原来不是肉球，是一个老头子。

"就一天不见，都长这么高了！"老头子带着难以置信的口吻，隔着老远在阿西和自己的身上比画着，"傻儿子，放学回家都不叫声爸爸？"老头子装作生气的样子，向阿西讨"叫"。怎么爸爸也变成这副德性了？

阿西迟疑地叫了一声爸爸，声音只有自己听得见。

"算了——"爸爸似乎也没在乎阿西叫不叫，和老妈打起嘴仗，辩题是老婆子为什么要把老头子吞进肚子里还不让出来。爸爸一边打嘴仗，一边夺过阿西胳膊上盘着的头发，一圈圈地往头上盘，一二三，三二一，阿西拔出来那么费劲，爸爸只用了不一会儿工夫就整个盘到头顶了。左瞧瞧，右瞧瞧，却也看不出什么破绽。爸爸长相老态，头发却又黑又密。只是，他是怎样在光头上"装"好那么长一根头发还让它看起来服服帖帖的呢？阿西想不通。以为老爸老妈会看穿自己的心思，给个答案，可他们俩辩论正酣，压根忘了阿西就在旁边，也懒得去管阿西的一肚子疑问。

爸爸被妈妈吞进肚子里是怎么回事？爸爸的头发是怎么回事？苹果里的虫子是怎么回事？……阿西想得头皮发麻，还是没个头绪。

"还在这呢！"妈妈注意到阿西的疑团，伸手向空中抓了一把——虫子正躺在妈妈手心！伸拳踢腿地，像刚进行过一场梦幻旅行！哎哟，怎么屁股没来由地疼？阿西感到疼痛从左屁股传来，几十枚针同时扎下来，把半边屁股绣成一朵萝卜花。可能懒得回答阿西这么幼稚的问题吧，妈妈哼唧了一声。

妈妈的心思和嘴巴都在爸爸那里，顾不上阿西左屁股疼还是右屁股疼。阿西左屁股烫乎乎的，伸手试了一下，哧——冒出一阵白气。妈妈从和爸爸的拌嘴中抽空瞟了阿西一眼，横着眉毛，竖起眼睛："你还有完没完？好像就你有屁股似的！"这可是天大的委屈，阿西愤愤，我又没故意招屁股疼！我又没和谁过不去！我还乐意屁股疼啊？

阿西一激动，一屁股撞在一棵歪脖子树上，"吧唧"，撞个歪着——撞在右屁股蛋上。奇了，撞了右屁股，左屁股不疼了！阿西摸着屁股，心里感念得不行，想好好看看这株歪脖子老树——转脸，老妈横着一条腿，还架在半空中！原来是老妈一个飞毛腿！老妈也许怕阿西没看明白，横架着腿定格。阿西看了一眼，她才放心，松了架势，继续全神贯注，跟阿西老爸争论吞啊吐的。阿西不知怎的心里空落落的，觉得自己仿佛和爸爸妈妈隔了崇山峻岭，怎么看自己都不像是他们生的。

阿西屁股上又挨了老树一撞——老妈听出阿西的心声，一计鸳鸯连环踢，连连踢中阿西的右屁股。"哎哟，哎哟哟"任阿西嘴巴咧到耳朵上挂着，老妈也懒得搭理他了。老爸老妈一阵风似的飘远，阿西赶忙抢上前，紧紧跟随。他俩推开一扇大门，"吱嘎"，蹽了进去——阿西头都大了！大门口正摆着那双红鞋子！

原来梦里的不是梦！那么，什么时候是在做梦？阿西顾不得那么多了，再琢磨，老爸老妈可就走没影了！阿西越过鞋子，推门进院——却是再熟悉不过的院落：已经待了两天了。阿西知道那扇门后就是自己的家，他奔上前，正想推门进去，突然好奇心大盛。阿西想，现在知道不是做梦了，老爸老妈就在里面，何不试验一下……阿西大着胆子撩开门帘，"梆梆梆，梆梆梆"，横敲竖敲几下门，没有丁点反应。阿西伸手推一下门——出手轻了！门纹丝不动。他长吸一口气——摸摸肚子，气不够足！再长长地吸了一口气——这回肚子吸饱溜圆了。他在手上加了力——一不留神，手重了点：门，吱嘎！开了！门没拴！吱嘎！阿西人事不省……

也不知过了多久，阿西隐隐感到屁股疼。左屁股，是左屁股，阿西不用伸手摸都能感觉出是左屁股疼。"梆梆"，谁在敲门？哦，耳鸣。"梆梆"，不对，是有人敲门。"谁呀？"阿西问。没人答应。

风吧，阿西自言自语。

"梆梆"，这回阿西"听"明白了——"门"每响一下，他的身子就晃两晃——有人在踢阿西的屁股蛋。窗外的曙光照进来，阿西第一次看清楚房间。房间里空空如也，什么摆设都没有。老妈和老爸还在拉拉扯扯，唠叨个没完，不过却是闭着眼睛，顺着墙根你追我赶地游走。啊，阿西一惊：妈妈像没有重量，脚离地面一掌高，比爸爸活动还灵敏！有了这些天稀奇古怪的经历，阿西不再大惊小怪。他隐隐地感到，这些天的遭遇，很有些邪门。

"梆梆"，屁股还被当门敲！

阿西仔细看时，发现是一个小姑娘，他正要质问，要她看清楚点，是门再敲，小姑娘竖起一个手指头，嘘——小姑娘拉着阿西，从门缝里轻飘飘地钻了出去——走过去才发现小屋压根就没装门！"门"怎么敲响的？自己曾经趴在"门"上偷听又是怎么回事？你又是谁？阿西有一肚子话要问，小姑娘只是一根指头"嘘"着，不让他出一点声。

然而还是惊动了院子里的人——一家家门里伸出奇形怪状的鞭子、舌头、钳子、叉子、钩子，要拉回阿西，老爸老妈也停止争吵。"阿西啊！"他俩惨叫着，血红了眼睛扑了过来。阿西突然发现他们面目如此狰狞。

"阿西！"镜子里有人在叫唤着阿西的名字，那么温暖。小姑娘整个身子倒伏过来，用力顶撞，阿西整个人掉进镜子里。

阿西头一沉，咕嘟嘟喝了一大口水。阿西猛然惊醒了，他正躺在浴缸里。温热的水抚着他的身体，说不出的舒服。侧过头，阿西看见梳妆台前立着的大方镜。左屁股还隐隐作痛……

呀，阿西猛然记起自己是被一位小姑娘推进镜子里来着！那个小姑娘呢？阿西围上浴巾，拍打着镜子，却怎么都想象不出还能通过镜子出入！阿西重新跌坐进水里，呆呆地想着梦里经历的一切——那该是梦吧，经历了那么多离奇曲折。阿西穿好柜子最上层摆着的衣服——小了点，却也可以凑合着穿。

他走出房间，像陌生人一样好奇地观赏着角角落落。花木，虫鸟，摆设，陈列……

"西儿，洗好了？"一个声音从一旁传过来，阿西从弯腰的姿势中微微抬起头：一对中年男女慈祥地看着自己，目光里流淌着只有阳光才有的亲切、和煦、怜爱。

"妈妈！爸爸！"阿西想也没想，眼泪哗啦啦滚落下来——不用想啊，这才是自己朝思暮想的爸爸妈妈啊！阿西失去多时的记忆一下子捡了回来！这么说，那段噩梦般的往事真的只是梦？

爸爸妈妈点了点头，又摇了摇头："这孩子，胡思乱想些什么呢？你只是洗了个澡！不过洗得长了点，都快两小时了！"

翻转镜子，会发现什么？另一面生活！天啦，阿西想了想，记起来了，他洗完澡吃完饭，要去上课。新学期开学，他可得赶早。阿西第一个坐进教室。三三两两地，同学们渐渐都到齐了。大家交流着假期见闻，一个赛一个地兴奋。

"你呢阿西？你遇到什么好玩的事没有？说给大伙听听！""你的故事总是最离奇的，讲讲嘛！"同学们七嘴八舌，都想从"故事大王"阿西这里套到汁水丰沛的好段子，一来自己陶醉，一来可以贩卖给外班、外校的小朋友和家人，趁机赚赚威风。

阿西"嗯"了两声，千头万绪，还真不知从何说起；更重要的是，说还不如不说呢，万一说出来吓着他们，甚至惹得他们骂我瞎掰可太不划算了！想想还是拉倒吧！

同学们催得越急，阿西偏越笑得平静，乐呵呵的，慈眉善目，嘴里就是不吐一个字。

"起立！"班长喊起立了。

"老师好！"

“同学们好！”

这个嗓音好熟悉！

阿西越过一个又一个头顶望过去——是"红鞋子"！"红鞋子"是自己的老师？阿西看"红鞋子"时，"红鞋子"也望着阿西，笑吟吟的眼睛，仿佛在说"你好呀，欢迎你"。阿西其实从"红鞋子"老师的眼睛看到了更多内容，那眼神也在询问："那天发生了什么？"难道？难道？难道梦不是梦？梦与现实衔接起来了？阿西陷入沉思，拔不出来。阿西想问问别的同学以前是否认识"红鞋子"老师，想了想，决定偷偷问问同桌。

阿西偏过头——"嘘"，同桌竖起一根指头，挡在唇前。呀，阿西又惊又喜，惊喜参半！

"你就是……"

女同桌点点头，手指还是挡在嘴边，不言自明的意思。

她就是那个从背后推了阿西一把的人——阿西的恩人，要不是她，阿西还在镜子那面受难呢。阿西感激地看了看同桌，拱了拱手："谢过了！"死命按捺住一颗奔腾的心，专心听"红鞋子"老师讲课。

"妙呀……美呀……夜呀……"阿西一惊！啊，那件熟悉的黑衣正在对面屋顶上飘呀飘！

说说艾尔莎吧

"艾尔莎倚着怎样的怀抱呢？"苗苗揪住妈妈的话头，"有妈妈怀抱暖和吗？有妈妈脸蛋儿漂亮吗？有妈妈腰身窈窕吗？"

"艾尔莎啊，"苗苗的妈妈总是一副含而不露的样子，那个讨厌鬼树树总爱占人家便宜，多好的妈妈呀，你树树有吗？偏笑妈妈是天使在人间！讨厌鬼！瞧你多腻味，人家叫苗，你就叫树！讨厌！讨厌！谁稀罕呀！

"艾尔莎住在一面是山三面环水的艾尔莎城堡……"

故事中的艾尔莎有多美呢？可美可美了，苗苗激动得红了脸蛋，红红的苗苗像妈妈一样美丽呢。

艾尔莎是世界上最好的女孩子，每天夜里，所有人都睡着了，偶尔会有看家狗或谁家的鸡，或远或近地送来几下有气无力的叫声，艾尔莎偷偷起床，把每一颗星星都擦得亮堂堂的。

天快亮了，艾尔莎握住月亮白得晃眼的手，怎么也不肯松开，月亮笑弯了嘴角，月亮说：“艾尔莎最乖了，小傻瓜——晚上我们不又见面了吗？”心里想想，也是呢，可眼睛不答应呀，扑哧扑哧往地上掉金豆豆银豆豆。所以啊，清晨的艾尔莎城堡和其他地方早起的小朋友都能看到树啊、花啊、草啊沾满一种叫露水的液体，如果仔细看，你会发现每一滴露水里藏着艾尔莎淡淡的忧伤。

艾尔莎的伤心是不会持续很久的。“艾尔莎的脸儿三月的天。”艾尔莎的邻居，那些聚居在童话村的人都笑话艾尔莎。

“他们哪里又好啦？”艾尔莎噘起小嘴反驳，“白雪公主那么大的人还哭鼻子呢！拇指姑娘还尿床呢！”

送走月亮，太阳闪亮登场啦！

“早！艾尔莎！”太阳像外公，白白的头发，红红的脸庞，长长的水袖轻轻飞舞，抹干了艾尔莎的眼泪，大人就是大人啊，偏还若无其事的样子，给足人家面子。

遇见艾尔莎之前，贝尼特是王子，统领着自己的贝尼特城堡。

王子和平民的区别就在于平民吃饱了饭后首先想到的是睡觉，而众生幸福、生存哲学等等难题牢牢占据了王子漂亮的头颅。说到睡觉，也有区别，平头百姓不过想有个抵足说话、吹灯睡觉的伴儿，王子追求的是内心的绝对平等和巨大满足。

反映在数字上，一般人一个爱人足矣，王子爱人的数量增增减减，因为他总是在寻找属于他的唯一的“这一个”。

多么难啊！

所有爱中，母爱是唯一真正无私的，当贝尼特王子领悟到这个道理时，他已经接近人生的正午了。

母后对王子的溺爱又是所有母爱中最执迷不悟的。比如说吧，她老人家（其实看起来像贝尼特的姐姐）甚至鼓励王子大胆寻找自己的真爱！

在这种气氛熏陶下的贝尼特王子拥有过很多梦想，而这些梦想最后全一一实现——谁让他是王子呢！

梦想实现了的王子拥有过很多爱情，所有适龄女孩子都把和贝尼特王子恋爱当作最大的"春梦"，至少，母后是这样认为的。时间长了，贝尼特王子也这样认为了。

"贝尼特城堡里的所有女人都是你的子民，儿啊！"母后像姐姐一样牵着成长着的贝尼特，说着贝尼特王国的光荣。

那么母后你呢？贝尼特王子想，但没勇气说出口。

母后的意思是所有女人天生都属于王子，可是她看不透王子心里那个忧郁的结。

艾尔莎城堡背靠的山是情话山，情话山再往后是贝尼特城堡。情话山环绕在一个个小城堡中间，艾尔莎城堡是其中最柔美的一个。艾尔莎城堡、贝尼特城堡是其他所有城堡的友邦。友邦中无论哪个城堡中的人，都是对方最尊贵的客人，他们相亲相爱，一起见证星星出现，春天到来。

可是艾尔莎城堡的人生下来就被告诫不要与贝尼特城堡的人打交道，

贝尼特城堡的人生下来就被告诉说与艾尔莎城堡的人老死不相往来。

艾尔莎和贝尼特就受着这样的教诲长成了大姑娘和美少年。

相见脸红的是爱人。艾尔莎知道。贝尼特也知道。

脸要不红心忍不住要跳出胸口的是爱人。贝尼特知道。艾尔莎也知道。

都知道的艾尔莎公主和贝尼特王子来不及脸红心跳就丢掉了冠冕。

首先是贝尼特王子，因为老大不小而找不到他的"唯一"，被发狂深爱着他的少女、老女联合老男、少男罢黜。他们威胁说，要么娶她们中的一位或几位，要么让位拉倒。

很自然地，贝尼特选择了放弃女人和国家，和母后一起成了平民。

然后是艾尔莎公主，发怒了的曾经深爱着公主的男人和女人们向艾尔莎摊牌。他们说，那么多王子你都不要，我们的儿子、我们的兄弟、我们自己你也不要，快下台吧艾尔莎！

从来没被人直呼其名的艾尔莎把头上的王冠和花环丢在他们脚下，跑到情话山，眼泪洗白了每一个夜晚。

重新变成平民的贝尼特夫人向小贝尼特——此时已经是十八岁的英俊少年——讲述了情话山的传说。

原来，一千年前，贝尼特城堡和艾尔莎城堡发生过一场昏天黑地的变故。在那场变乱中，两国的国王和女王遭遇了与如今惊人相似的命运。

"儿啊，老贝尼特城堡虽然不属于老国王陛下，可是他老人家在这之前已经娶了艾尔莎城堡的公主啊！你呢？老大不小了！怎么办啊！"

后来，一场天灾覆灭了那些踏着别人的鲜血满足自己权力贪欲的人。

天网恢恢，嗜恶之人得到惩罚，天性善良的贝尼特城堡的子民重新迎回了贝尼特国王和艾尔莎王后。

将要做母亲的艾尔莎王后怀着与贝尼特国王的结晶回艾尔莎城堡探亲。

贝尼特国王欣喜不已，把要做父亲的喜悦与子民分享。

"那——艾尔莎每天亲手擦干净的星星呢？"苗苗问妈妈。

"苗苗说呢？"妈妈循循善诱，偏着脑袋，永远那么美丽。

"艾尔莎肚子里的宝宝吧？"苗苗张大眼睛，很卖力地回答，脸上写满了无辜。

苗苗的傻气逗得妈妈笑成了一朵花："小傻瓜！宝宝……"妈妈摆开长篇大论式导师的谱，妈妈想说宝宝还在艾尔莎肚子里呢。

"妈妈傻瓜，当然由贝尼特国王擦啦！我欺负你啦妈妈！"这回轮到妈妈无辜了。

一个月过去了，又一个月过去了，贝尼特国王盼干了年月，也熬出了坏脾气。

派出的使者要翻过情话山，往返一趟都带回暧昧不清的消息。

第一个月使者说，艾尔莎王后的肚子大了一点。

第二个月使者说，艾尔莎王后的肚子又大了一点。

……

第六个月使者说，艾尔莎王后要生小公主了。

贝尼特国王空前地高兴，贝尼特城堡被装扮得像童话世界，贝尼特城堡的近邻们纷纷上门祝贺，阿拉丁神灯点亮了夜晚，魔毯扶着水晶鞋的削肩和瘦腰轻跳慢四……

可是第七个月过去了，艾尔莎王后和小公主没有一丝音讯。派往艾尔莎城堡的使者没有回报。

第八个月过去了，第九个月过去了，还是没有她们的消息。使者照例有去无回……

整整过去了十二个月，终于盼来了消息。不曾回来的六个使者一起回来了！他们带来了一个天大的喜讯：艾尔莎王后要回来了！

贝尼特国王一跳三尺高，见人就握手："你们知不知道，王后要回来了！"

算起来小公主该五个月大了，应该长着黧黑的瀑布般茂盛的头发吧？她肌肤胜雪，那一双玛瑙一样婉转的眸子一定比小鹿还机灵！她会认得出这个陌生的男人就是她的爸爸吗？

这一天终于来了。

早上就有喜鹊叫得欢。

"乌鸦也叫嚷了几下呀！"拇指姑娘嘟嘟嚷嚷，没人有心情听她说话。

"妈妈，后来小公主和王后回来了吗？"苗苗急不可耐了，攀着妈妈的肩，激动的泪花在眼眶里滴溜溜转。

苗苗没有得到答案，妈妈沉静得像颗泪珠，碰一碰，"簌——"掉下一大滴。

艾尔莎城堡随行的仪仗比贝尼特城堡迎接的仪仗还气派。最惹人的是在前面引路的一对七彩凤凰，它们如同灌注了天地间的灵气，舞动和鸣叫中充满韵律和激情。

很奇怪，贝尼特国王感觉它们美丽的丹凤眼里流露出隐隐的哀伤，渐渐地，贝尼特看得出了神，婉约是小公主哀怨的眼睛在说"爸爸，救我"。

艾尔莎王后扑进贝尼特国王的怀里，眼泪倾盆，滴滴冰凉的晶泪钻进贝尼特国王的肺腑。

小公主被扣留在艾尔莎城堡。

贝尼特国王钢牙咬碎，调拨兵马，亲跨战马，扬言要荡平艾尔莎城堡。

千钧悬于一发之际，贝尼特国王隐约觉得肩膀上轻轻地落了异物，他勃然大怒，想也懒得想，回手 枪，一具云彩一样美丽的躯体轻飘飘飞了出去，回头看去，却是艾尔莎王后——那轻悄悄的一落是想温柔地说服贝尼特放弃征战。

贝尼特霎时苍老，答应了艾尔莎王后死前的请求，不与艾尔莎城堡——小公主五个月大就做了艾尔莎城堡的女王——为敌，但他一辈子也不原谅小公主。贝尼特固执地以为，没有小公主，艾尔莎王后就不会离他而去。

在幽怨和怀念中贝尼特国王过完残生，临死，立下一条国训：贝尼特城堡永世不得与艾尔莎城堡往来。

贝尼特国王想，一千年很久很久了吧，好吧，就定一千年："此嘱贵为国训，一千年有效。"

一千年了，艾尔莎城堡与贝尼特城堡断绝一切交往，虽然不算和睦，倒也相安无事。千年无大事，一千年的约定转眼就要到期了，两国竟然突发这么大的变故，难道贝尼特国王在天之灵仍然不肯原谅当初的恩怨情仇？

这是两国子民家喻户晓的故事，他们却不了解另一层，贝尼特国王的国训有两条，另一条只有历任国王、王后知晓。王子被允许最后得知这条国训，却只能在国王不再是国王，王后不再是王后，王子也不再是王子之后。

这一天，小贝尼特带着贝尼特夫人讲出的秘密往情话山里去。

上山的路上，九只凤凰欢快地环绕着他。

在一片如浪花般沸腾的花丛中，他忘记了呼吸。

几乎就在同时，花丛中的女孩也发现了他的存在，她忘记了心跳。

花红？脸红？不知道。

他们惊讶于自己的发现，痴痴地，二十根手指纠缠在一起。他们相信自己握着的是他们共同的幸福。

"多么美好啊！他就是我要的！"艾尔莎想。

"我要的就是她！多么美好啊！"贝尼特想。

拿什么迎娶艾尔莎呢？贝尼特想得头疼。

"我献给你一首诗吧！"

"好呀好呀！"艾尔莎纯情，脸蛋儿红扑扑的，像刚染了一种叫幸福的腮红。

"把你的眼泪放在我的眼眶里，艾尔莎。看门外柳绿花红，黄鹂初啭，樱桃羞红。艾尔莎，我会乘着第一声晨歌来。我来将你迎娶，七颗星星为你点亮，我要它们挂在你柔美的踝上，从此只为你开放，我要天籁响起，我要凤凰双栖梧桐，我要你，艾尔莎，我要你做我今生的新娘。"

艾尔莎已经泪流满面。"我有爱你的权利吗，艾尔莎？"贝尼特窘迫地发问，以为自己做错了什么，仿佛艾尔莎是一件过度精妙的尤物，碰哪都会疼。

"可以……你为我写个童话！"

好，我们用一生写部童话吧。贝尼特决绝地想，开头想好了："艾尔莎倚着怎样的怀抱呢？"

就在老贝尼特独自埋葬艾尔莎那天，他在艾尔莎不远处种下一颗情话果的种子。

贝尼特国王的国训说：如果情话果往下掉，那么两国王子、公主可以成婚。

贝尼特和艾尔莎发现先祖埋下的种子已经长成一片茂盛的森林。

其实，老贝尼特国王早就希望贝尼特城堡和艾尔莎城堡重修旧好，只是把希望寄托在自己死后。而两国后人都太遵从祖先的嘱托，让这份本该到来的炫美之爱迟到了整整一千个年头……

妈妈的故事讲完了，苗苗假装闭着的眼睛接到一滴好大好大的眼泪。

后来，苗苗把这个故事说给树树听时树树嗤之以鼻，树树说你们女人的眼泪就是多。

苗苗忍了很久，才抑制住眼眶中转了十八圈的眼泪。

忍了更久，才抑制住"抛弃"树树的冲动。毕竟，苗苗想，那个爱情如花的美丽时代再也不会回来了……